ノア
クラウディアの従僕である少年。魔法学院では四年生で、特級クラスに配属される。
クラウディア
伝説の魔女だった記憶を思い出した王女。魔法学院では一年生で、初級クラスに配属される。

フィオリーナ
魔法学院八年生で特級クラスに所属。いつも放課後に歌を歌っている。
ルーカス
魔法学院八年生で特級クラスに所属。面倒見が良く、多くの生徒から慕われている。
ラウレッタ
フィオリーナの妹で魔法学院二年生。強い魔力を持つが制御に難があり、初級クラスに所属している。

クラウディアのことを抱き締めるかのように、ノアが体を低くする。
体重こそ掛けられていないものの、互いの体が触れるほどの距離だ。

虐げられた追放王女は、転生した伝説の魔女でした

～迎えに来られても困ります。従僕とのお昼寝を邪魔しないでください～

3

雨川透子
TOUKO AMEKAWA

Illustration
黒裄

CONTENTS

3

THE OPPRESSED EXILE PRINCESS WAS A
REINCARNATED LEGENDARY WITCH.
I DON'T WANT TO COME TO PICK YOU UP.
PLEASE DON'T DISTURB THE NAP
WITH MY SERVANT.

プロローグ

「――『ここ』はいまから五百年前、伝説の魔女アーデルハイトさまによって造られた場所なのですよ」

前を歩く老婦人の紡いだ言葉に、クラウディアは顔を上げた。

こつこつと靴音の響く廊下は、ずっと果てまで続いている。落ち着いた色合いのドレスを纏《まと》ったその老婦人は、柔らかな声音でこう続けるのだ。

「アーデルハイトさまは仰《おつしや》いました。幼き才能を守ることは、それを導く者の絶対的義務であると」

「…………？」

クラウディアがそっと小首を傾《かし》げれば、後ろを歩いているノアが視線を向けてくる。改めてノアの顔を見なくたって、クラウディアには表情が想像出来た。

ノアはきっと、何か物言いたげな顔をしているだろう。老婦人はそれに気付かず、長い廊下の途中で言葉を紡ぐ。

「優れた人間は時として疎まれ、虐げられてしまうことがあります。偉大なるアーデルハイトさまは、そのことに大層胸を痛めていらっしゃいました」

魔法による結界を潜《くぐ》り抜けるため、この廊下は実際よりもずっと長く見える。それこそ、先が見えないほどにだ。

「だからこそアーデルハイトさまは、この『魔法学院』をお造りになったのです」

（……『魔法学院』ね）

その青い窓を見上げながら、クラウディアは考えた。

長い廊下も、たくさんの窓から青色の光が差し込む光景も、五百年前に確かに見たものだ。

（本当に、懐かしい場所だわ）

クラウディアがそんな心境になっていることなど、この老婦人は知る由もないだろう。

アーデルハイトが生まれ変わっている事実も、その生まれ変わりこそがクラウディアであるという事実も、きっと気が付くはずがない。

こちらを振り返った老婦人は、クラウディアに向けてこう尋ねた。

「クラウディア姫殿下は、十歳であらせられましたね？」

「はい、先生！」

明るく返事をしたクラウディアは、にこっと無邪気に笑ってみせる。そうすると、今日もノアによって丁寧に梳《す》かれたミルクティー色の髪がさらりと揺れた。

十歳になったクラウディアは、相変わらず小柄で華奢《きゃしゃ》なままだ。

けれども確実に身長は伸び、睫毛《まつげ》もより長くてふわふわになった。顔立ちは亡き母にますます似てきたようで、可憐《かれん》さの中にある美しさが増してきている。

「ここでは姫殿下と同じ年代の生徒たちが、数多く学んでいます。高め合い、友情を育みながらの生活は、掛け替えのないものとなるでしょう」

「私、ここでお勉強をするのがとっても楽しみです！　ね。ノア？」

クラウディアがくるんと振り返れば、後ろを歩いていたノアが目を伏せた。

「はい、姫殿下」

同世代の少年よりも背が高いノアは、十三歳という年齢よりも大人びた雰囲気を纏っている。

体はまだまだ成長途中だが、均整の取れたしなやかな筋肉がついており、鍛錬の成果が窺《うかが》えた。

その振る舞いや表情は、一流の従僕《じゅうぼく》らしく落ち着いている。

「短期入学とはいえ、歴史あるこちらの学院で過ごされる日々は、姫殿下にとって素晴らしいご経験となり得るでしょう。護衛としてお力になれることを、光栄に感じております」

「クラウディア姫殿下は、良き従者をお持ちなのですね」

「えへへ。ノアは私の、とーっても自慢の従僕ですから！」

クラウディアは元気いっぱいに答えながら、窓の方へと目をやった。

「ここでノアと一緒にお勉強出来るのが、ほんとうに楽しみ！　それに」

この窓から見える光景は、夏の眩《まぶ》しい陽射《ひざ》しが降り注ぐ校庭などではない。

木々の揺れる中庭でもなければ、整然と並んだ石造りの校舎でもない。

窓の外に広がるのは、真っ青な海中の光景だ。

色鮮やかな魚の群れが、窓の外を泳いでゆく。海面から射し込む陽光は、海の底にある白い砂に光の揺らぎを落としていた。

銀色をした泡の粒が、海草の間から海面に上る。遠くから迫ってくる黒い影を、クラウディアは微笑《ほほえ》みながら眺めた。

「『海の中にある魔法学院』だなんて、すごく素敵だわ！」

「…………」

近付いてきた一頭の鯨が、ゆっくりと窓の近くを泳ぎ始める。

それはまるで、凱旋《がいせん》のパレードに追従する騎士のようだった。

海の中を泳ぐ魚たちはクラウディアに付き従い、その歩みに合わせながら進んでゆく。老婦人がそれに気付かないうちに、クラウディアは鯨たちに小さく手を振った。

「この学院に通うほとんどの生徒が、各国から集まった高貴なる血筋の方々です。皆さま優秀ですから、高め合うご友人がきっと見付かりますわ」

「お友達、たくさん出来ると嬉《うれ》しいです！　……あれ？」

クラウディアはことんと首を傾げ、耳を澄ませてみる。

「どこからか歌が聞こえますね。とっても綺麗《きれい》で、透明なお歌……」

その言葉に、老婦人はぴくりと肩を跳ねさせた。彼女はクラウディアを振り返らず、歩を進めながらこう答える。

「きっと、鯨が歌っているのでしょう」

「わあ、鯨さんはお歌を歌うのですか？」

「海の底で日々を過ごしていると、陸では聞くことの出来ない音色がたくさん聞こえて参りますわよ。……寮への到着が予定より遅れていますわね、急ぎましょう」

クラウディアは静かに微笑んだあと、そっと考えた。

（『人魚』がこの学院にいることに、この教師は気付いているかしら。……まあ、どちらでも良いのだけれど）

クラウディアはノアを振り返ると、無邪気な少女のふりをして言った。

「私がもっと小さい頃だったら、ノアに抱っこして運んでもらえたのに」

「……姫殿下」

「ふふ！　ノアったら、困ったお顔！」

ころころと笑い声を上げたあと、小さな声でノアに囁《ささや》く。

「『船を攫《さら》う歌』の出所を、早く確かめないとね。……これ以上、行方知れずの人間を出し続ける訳にはいかないわ」

「――――姫殿下の、お命じになるままに」

クラウディアは「いい子」と微笑んで、また歩き始める。老婦人が不思議そうに振り返ったが、企《たくら》みごとの気配などおくびにも出さない。

「海の中にある学院での、一ヶ月間のお勉強。……歌い出したいくらいに楽しみです、スヴェトラーナ先生！」

クラウディアは五百年前、自らが『アーデルハイト』として築いた学院の廊下を歩く。

その海の底には、美しい歌のような旋律が、穏やかに流れ続けているのだった。

第1章

アーデルハイトは五百年前、その海の底に『学校』を造ることにした。

その海は水が透き通り、豊かな生態系が築き上げられていて、自然の魔力に満ちた場所だ。

強力な結界を保ちやすく、海水の侵入を防ぐのはもちろんのこと、外から転移してくる外敵も拒むことが出来る。

「学びたいと願う子供たちを各国から集め、王侯貴族も平民の子供も等しく守れる環境として、『海の中』は最適だったの」

黒いローブを纏《まと》ったクラウディアは、金糸の刺繍《ししゅう》が施された裾をふわふわと靡《なび》かせながら、回廊の後ろを歩くノアに説明した。

クラウディアの学年である一年生は、男女どちらもリボンタイを結ぶことになっている。ローブの下は白いシャツもしくはブラウスであり、スカートかスラックスかも選ぶことが出来た。

スカートは深みのある赤色で、靴下は白い。黒いローファーはノアによって磨かれていて、ぴかぴかに輝いている。

五百年前のデザインを、そのままきちんと受け継いだ制服だ。流行に左右されない意匠を選んだから、月日が経《た》っても可愛《かわい》らしい。

「魔法で海水は入ってこないし、空気も循環しているわ。許可された魔術師しか転移出来ない仕組みの結界は、校舎とそれを繋《つな》ぐ回廊、そして校庭と中庭を覆っているのよ」

「……まるで、頑丈な硝子《ガラス》に包まれているかのようですね」

ノアが見上げた頭上には、ドーム状に張られた結界の天井が見える。

結界の向こうは晴れ晴れとした青色だが、青空ではなく海水なのだ。

海の中に差し込んだ陽光のほかに、魔法で光量を補助しており、昼間は地上と変わらない程度に明るい。

学院を囲む結界の周りには、数多くの魚たちが泳いでいる。

ノアは表情こそ変わっていないものの、静かな好奇心を隠しきれておらず、彼の想像以上に色鮮やからしい海中の景色を観察していた。

「ふふ」

ノアが纏っている制服も、クラウディアと同じローブだ。細身のスラックスとのバランスがよく、きちんとした正装に見えるけれど、十三歳の少年らしさも残している。

「ノアの制服姿、とーっても似合っていて可愛いわ」

「……」

そう褒めると、ノアは分かりやすく不本意そうな顔をする。恐らくは、この分かりやすい少年らしさが不服なのだろう。

「『可愛い』は何卒《なにとぞ》お許し下さい、姫殿下」

「最近のノアったら、大人っぽいかっちりとしたお洋服しか選ばないのだもの。もちろん大人びた服装も似合っているけれど、いまの年齢だから似合う服装も楽しまなくちゃ！」

「………」

大人びた格好をしたからといって、早く大人になれる訳ではない。ノア自身がそれをよく分かっているからこそ、ばつが悪そうな顔をするのだ。

「俺のことは結構です。それよりも」

ノアは回廊の床に膝をつき、クラウディアの前に跪《ひざまず》く。

「『歌』のことを探りましょう。先ほど姫殿下の仰《おっしゃ》った旋律は、俺にも確かに聞こえていました」

「……そうね」

微笑《ほほえ》んだあと、クラウディアはノアの手を引いた。

「けれども先に、入学説明を聞きに行かなくちゃ。私も生徒として通うのは初めてだから、楽しみだわ」

そう言いながらも思い浮かべるのは、この学院を訪れる前に交わした会話についてだ。

＊＊＊

『――その歌は、船を攫《さら》ってしまうのですって』

ひと月前の、夏の始まりのこと。

大きな帽子をかぶり、ふわふわのワンピースを身に纏ったクラウディアは、波打ち際をお散歩しながら口にした。

『満月の夜、穏やかな波間に消えた船。快晴のある朝、錨《いかり》の鎖を引き千切って消えた船。海底を魔法で調べても船の影はなく、生き残った人は残り僅か』

クラウディアのすぐ後ろに従うのは、この国の筆頭魔術師であるカールハインツだ。

七月の陽気にあっても汗すらかいていないカールハインツは、ひとつに結った銀色の髪を海風に靡かせながら、クラウディアに尋ねる。

『このところ、南西大陸の各国が頭を悩ませているという件ですね。同盟国であるこの国にも、解決のために応援要請が来ています』

『南西大陸は貿易上、とっても大事なお友達だものね。父さまもさすがに手を貸すことにしたのでしょう？』

『……姫殿下はこの件を、呪いに纏《まつ》わる事象だとお考えで？』

クラウディアは足を止め、さらさらの白い砂に手を伸ばす。砂浜から拾い上げたのは、珊瑚色《さんごいろ》をした美しい貝殻だ。

『こわぁいお話を聞いたから、ノアと一緒に調べてみたの。ね？』

『はい、姫さ……姫殿下』

カールハインツの後ろを歩くノアは、『姫さま』と言い掛けた言葉を正したあと、澄ました顔で同意した。

『生き残った全員ではないですが、数名に話を聞けています。……彼らは姫殿下がお尋ねになると、揃《そろ》ってこう証言しました』

黒曜石の色をしたノアの瞳が、静かに海の方を見遣《みや》る。

透き通った青色を見詰める目は眩《まぶ》しそうで、ノアは眉根を寄せながら口にした。

『異変を感じたその際に、「歌」が聞こえたのだと』

『……歌……』

クラウディアは白いサンダルを脱ぎ、ちゃぷりと海に足を浸す。海水で洗った貝殻を陽《ひ》に透かしたあと、カールハインツを振り返った。

『各国の船が消えた場所を地図に記すと、消失はある海域を中心にした円の中で起きていると分かるわ。カールハインツもそのくらい、とっくに調べているのでしょう？』

『……仰る通りです、姫殿下』

『その海に何があるのかだって、すでに思い浮かべているはずよ。だってカールハインツも、それから父さまだって、そこに通ったことがあるのだもの』

クラウディアがそう言うと、ノアが少し驚いてカールハインツを見る。

カールハインツが肯定を沈黙で示したので、クラウディアは笑ってノアに告げた。

『ラーシュノイル魔法学院。……その学院は、海の底に建てられているの』

『海の底に、学校が？』

ノアが怪訝《けげん》そうに呟《つぶや》いたのは、その光景を想像することが出来なかったからだろう。

そんなノアに説明するように、カールハインツが詳しく説く。

『姫殿下のお言葉の通りだ。ラーシュノイル魔法学院は特殊な結界によって守られていて、海の中に存在している。窓の外にあるのは空気でなく海水であり、そこでは魚の群れが泳ぐんだ』

『どうしてまた、わざわざそのような場所に学院を』

『創立者の意向だと言われている。五百年前に生きた魔女、アーデルハイトのな』

『……』

ノアが視線だけこちらに向けたので、クラウディアはにこっと微笑みを返した。

『アーデルハイトはもしかしたらそのとき、綺麗《きれい》なお魚を見たい気分だったのかもしれないわね。ねえノア？』

『……そうかもしれませんね……』

物言いたげなまなざしだが、それはさらりと受け流しておく。

『私もお魚が見たかったから、父さまにおねだりしちゃった。「クラウディア、学校に行ってみたい！」って。父さまはちょっと意地悪だったわね』

『陛下は学院がお嫌いでしたから。お子さまがお生まれになってもラーシュノイルには遣らないと仰っていたので、それででしょう』

（ふふ。学院を造らせた人間としては、どんな理由で嫌いなのかが気になるけれど）

そんなことを思いつつ、クラウディアは波打ち際から浜に戻る。ノアがすぐさま椅子を出して、クラウディアをそこに座らせた。

砂にまみれた小さな足を、ノアの魔法が綺麗に浄化してくれる。

ふわふわのタオルでつまさきを拭かれ、白いサンダルを履かせてもらうクラウディアに、カールハインツは尋ねた。

『ラーシュノイル学院に入学し、呪いの調査をなさるおつもりで？』

『もちろん違うわ。短期入学の制度を利用して、学校生活の素敵なところだけを楽しみに行くのよ？』

くすっと微笑んだクラウディアの発言を、当然カールハインツは信じていないだろう。けれど、それで構わない。

（呪いを壊して回るのは世界のためではなく、私がやりたくてやっていること。……英雄めいた扱いを受ける気などないのだから、呪いの調査をしていることも隠さなくちゃね）

呪いの原因があると思われる場所に近付く理由も、あくまで『末王女の我《わ》が儘《まま》』という体裁を取る方が好都合なのだ。

（船を海へと攫う歌。その呪いを口ずさむ『歌姫』さまを探しに、海の底にある学院へ）

サンダルを履かされたクラウディアは、足元に跪くノアを見下ろした。

『単なる護衛としてノアに同行してもらうよりも、従者を兼ねた生徒として一緒に入学してもらった方が簡単そうなの。そうなると授業に出なくてはいけないし、いまのノアに同年代のお勉強は退屈かもしれないけれど、平気かしら？』

『姫殿下のお傍《そば》にいるために必要な時間です。それに、改めて学ぶことにも価値があるはずですので』

『いい子』

ノアの頭をよしよしと撫《な》でつつ、クラウディアは宣言した。

『それでは入学準備を始めましょう。船を沈めるほどの美しい歌を、是非とも一度聞いてみたいわ』

そんな目論見《もくろみ》を胸にしながら、こうして学院にやってきたのである。

＊＊＊

「――俺の生徒登録を抹消していただけますか。姫殿下」

「まあ、なんて我が儘なノアなのかしら！」

短期入学の説明を聞き終えて、応接室にふたりきりになった途端、ノアは開口一番そう言った。

おおよそ想像通りの発言だが、驚いたふりをして目を丸くする。

ふかふかの椅子に座ったクラウディアは、後ろに控えるノアを見上げた。

「最初にお話したでしょう？　ノアはあくまで生徒の身分のまま、私の従者として入学するのがいいの。何しろ子供は護衛や従者であっても、学院にいる以上は授業を受けてもらうのが校則だもの」

「でしたら大人の姿を取ります。子供ではない存在でいればいい」

「ずっと大人の姿をしていては魔力切れを起こすわ。ノアはきちんと授業に出られる、とってもいい子な従僕のはずよ。退屈な時間でも我慢出来るし、それを学びにするのでしょう？」

「状況が変わりました。先ほど説明された校則によれば、男子『生徒』は何があっても、女子寮に出入りが出来ないと」

応接室の床に跪いたノアは、至って真剣にこう言った。

「姫殿下に忠誠を示すことが、俺にとっての最優先事項です。……夜にお傍を離れてしまえば、御身を守ることすら敵《かな》いません」

（この子ったら）

真《ま》っ直《す》ぐなそのまなざしに、クラウディアは小さく笑う。

（私が滅多なものには負けない存在であることを、誰よりも知っているのはノアなのに）

それでもノアは誠実に、クラウディアのことを守ろうと努めているのだ。

けれどもそれが分かるからこそ、クラウディアはおねだりを聞かないことにした。

「ノア。この学院を造ったのはだぁれ？」

「……魔女、アーデルハイトさまです」

「では、校則を作ったのが誰かも分かるわね」

「！」

そう尋ねると、ノアはぐっと言葉に詰まる。

「私に忠誠を示すなら、『私』の決めたことも守らなくちゃ。子供は学院ではお勉強をする、これが原則よ」

「…………」

俯《うつむ》いたノアが、観念した声音で返事をした。

「……姫殿下の、お命じになるままに」

「ふふ」

「ひとつだけ、お聞かせ願いたく」

クラウディアが首を傾げて促すと、ノアは真摯な声音で言う。

「『レミルシア国の王太子』がこの学院に入学したという情報を、姫殿下はご存知でしたか？」

「……」

ノアにその話をしたことはない。恐らくは呪いについての情報を集める中で、ノアの耳にも入っていたのだろう。

クラウディアは緩やかに目を細め、その問い掛けを肯定した。

「もちろん気に掛けていたわ。だって、レミルシア国といえばノアの故国」

クラウディアは記憶を取り戻した六歳のとき、その国を訪れたことがある。

ノアの叔父である国王は、幼かったノアを奴隷にし、虐げていたのだ。

「――その国の王太子ならば、ノアの従兄弟《いとこ》にあたるのだもの」

「…………」

クラウディアの力を得たノアは、叔父と対峙《たいじ》して打ち勝った。

その際クラウディアは、ノアに対して『王位を取り戻したい？』と尋ねている。そのときノアは、こう答えた。

『あの男にも子供がいる。俺のひとつ下の従兄弟で、優秀だって噂《うわさ》は聞いたから、国はそいつが継ぐだろ』

『あら。憎い相手の子供なのに、見逃していいの?』

『俺は、復讐《ふくしゅう》相手を混同したりしない』

この学院には、ノアの従兄弟が通っているということだ。

ノアは、クラウディアがノアを連れてきた理由のひとつに、その従兄弟の存在があるのではないかと考えたようだ。

クラウディアは微笑みを浮かべ、ノアに尋ねる。

「……会ってみたい?」

「面識はなく、遠くから一度姿を見た程度で、名すら覚えていないので」

涼しい顔で言い切ったあと、ノアは少しだけ視線を逸《そ》らす。

「ただ」

あくまで平坦《へいたん》な声音のまま、ぽつりとこう紡いだ。

「どのような人間か、ほんの僅かに興味はあります」

(ノアにとっては、故国を託す相手だものね)

本当なら、その国の王はノアになるはずだった。

ノア本人がそれを選ばず、クラウディアの従僕になることを誓ったとはいえ、気掛かりでないはずはない。情に厚く面倒見のいいノアにとっては、あの国だって大切なはずだ。

「……誤解のないように申し上げておきますが、姫殿下」

「なあに？」

「あの国に対して俺が持っているのは、姫殿下が恐らく想像していらっしゃるような想《おも》いではありません。……これはただの、罪悪感です」

「ざいあくかん……」

クラウディアの考えを、ノアは予想してみせたらしい。しかし、罪悪感とは一体何だろうか。

「俺は、本来ならば負うべきだった責任を捨てました」

黒曜石の色をしたノアの瞳は、不思議がるクラウディアを射抜くように見据えた。

「──その上で、何よりも望んでいる場所にいますから」

「！」

クラウディアの傍に跪きながら、当然のように口にする。

「姫殿下の犬でありたいという、俺自身が願った生き方をしている負い目です。あの国が気に掛かる理由はそれだけで、姫殿下が考えていらっしゃるようなものではありません」

「……ノア」

クラウディアはくちびるに微笑みを浮かべ、ノアの頭をよしよしと撫でた。

「安心なさい、可愛いノア。お前を学院に連れてきたのは、生き別れの従兄弟──ジークハルトと無理やり再会させるためではないわ」

クラウディアが告げた名に、ノアが反応する。

「……『可愛い』はどうか、おやめ下さい」

「もちろんお前が望むのなら、従兄弟に会わせてあげたいと思うけれど。でも、それ以上に」

クラウディアは黒曜石の色をした瞳を見詰め、にこりと笑う。

「ノアが私に必要だから、一緒に来てもらったの。そしてどうか、この学院で同年代の子供たちと一緒に学んで、もっともっと素敵に成長してほしいわ」

「……！」

ノアは僅かにくちびるを結んだあと、深く頭を下げて言った。

「聞き分けのない姿をお見せして、申し訳ございませんでした」

「ふふ。寮の門限までは一緒にいましょうね、いい子のノア」

クラウディアはぴょんと椅子から下りると、立ち上がったノアに告げる。

「さあ、この後は魔力鑑定の時間だわ」

「魔力の多さや魔法の才によって、魔法学の授業のクラスが分けられるとのことでしたが」

先ほど教員から聞いた説明の通りだ。クラウディアは頷《うなず》いたあと、応接室に飾られている歴代学院長の肖像画を見回した。

「一般学問を習う通常授業は、学年ごとに設けられたクラス別。魔法に関する授業は、年齢は関係なく、魔法の強さによって分けられるクラス別。このやり方は、五百年前と同じだわ」

そんな話をしていると、離席していた学院長が戻ってきて、ノックの後に扉を開けた。

「先生！」

「クラウディア姫殿下、申し訳ございません。緊急の対応がなかなか終わらず、魔力鑑定室へのご案内はもう少々お待ちいただくことに……」

「私、ノアとふたりで鑑定室に行けます。ノアは地図を見るのが得意ですので！　行きましょ、ノア」

クラウディアは無邪気なふりをして言うと、ノアの手を引いた。学院長の前で一礼したあと、校舎の外に出る廊下を歩きながら話す。

「この学院には、王族や貴族の子供たちが数多く通っているわ。これも、五百年前と同じ。……違うのは、平民の子供が数少ないことや、『才能ある選ばれた子供』しか通っていないことね」

そう告げると、ノアは納得がいったらしい。

「先ほどの学院長の説明に、違和感を覚えていました。何しろ『アーデルハイトさま』は五百年前、どのような人間の申し出も断らず、すべてを弟子として受け入れていらっしゃったはずですから」

「ふふ、そんなに多くの申し入れがあった訳ではなかったのよ？　それに、去っていく弟子も多かったわ。すこーしだけ厳しく教えすぎたみたい。私の指導はそんなに大変ではないはずなのだけれど」

「…………姫殿下の仰る通りかと」

何処《どこ》となく棒読みで返事をしたノアは、クラウディアに問い掛ける。

「このあとの魔力鑑定では、最弱のクラスに合わせて魔力を出すおつもりですか？」

「そうねえ。幼いふりや弱いふりをしておいた方が、間違いなく動きやすいことだし……」

そんな話をしながら校舎を出た、ちょうどそのときのことだ。

「！」

校舎の右手から延びる回廊を、六人ほどの上級生の集団が横切った。

リボンやネクタイが青色なのは、最上級学年の八年生である。十七歳から十八歳であるはずの面々は、ほとんどが男子生徒だった。

彼らに守られるようにして微笑むただひとりだけが、美しい面差しをした女子生徒だ。

男子生徒たちの中心を歩くその少女は、波を描くようにふわふわとした紫色の髪を靡かせている。

背丈は小柄で可愛らしく、女性らしくも華奢《きやしや》な体付きだ。

アメジスト色の瞳はやさしげで、小さなくちびるは薔薇色《ばらいろ》に染まっている。周囲の男子生徒に微笑みかけるその表情は、儚《はかな》い雰囲気を帯びていた。

彼女が胸の前で抱き締めているのは、一冊の本だ。

「それにしても、遠慮なんかしないでくれよフィオリーナ」

その呼び掛けを聞く限り、美しい少女はフィオリーナという名前らしい。彼女の隣を歩いていた男子生徒は、歩きながらフィオリーナに手を伸べた。

「君に荷物を持たせては、俺に紳士教育を施してくれた執事に叱られてしまう。ほら、その本を俺に渡して」

「抜け駆けだぞフィリップ。フィオリーナさん、僕が教室までお持ちしましょう！」

「お前たち何も分かっていないな。こんなに慎《つつ》ましやかなフィオリーナさまが、他人に荷物を持たせるような真似《まね》をする訳がないだろう？　それより先に行き、校舎の扉を開けて待っている方がよほどよい」

男子たちが言い争っている様子を、フィオリーナは控えめに苦笑しながら見守っている。そんなフィオリーナの視線が、不意にクラウディアたちの方へ向けられた。

「……あら？」

「あ！　何処に行くんだいフィオリーナ！」

フィオリーナは男子生徒の輪から離れると、クラウディアのところに歩いてきて屈《かが》み込む。ふわりと漂ってくるのは、花のように甘い香水の香りだ。

「一年生さん、こんにちは。初めましてのお顔ですが、ひょっとしてアビアノイア国からのお姫さまでしょうか？」

「はい！　クラウディア・ナターリエ・ブライトクロイツ、十歳です！」

クラウディアは明るい笑顔を作り、元気いっぱいの演技をする。クラウディアの正体を知るはずもないフィオリーナが、くすくすと笑いながら目を細めた。

「まあ、なんて可愛らしいのでしょう……！　クラウディアちゃん、と呼んでもよろしいでしょうか？」

「えへへ。ノア、『クラウディアちゃん』だって！」

「……」

新鮮な呼び方をされたので、心から楽しくなってしまった。ノアは何とも言えない顔をしていたが、クラウディアの方は気にしない。

「嬉《うれ》しいです！　んと、お姉さんは……」

「ふふ、私はフィオリーナ・エルマ・シェルヴィーノといいます。そちらの素敵な男の子は？」

「私のお世話をしてくれる、従者のノアです！」

ノアが黙って頭を下げると、フィオリーナは「まあ」と笑った。

「ノア君。とっても格好良いし気品があるので、あなたも王子さまなのかと思ってしまいました」

「滅相もございません」

「はい、ノアはすっごく格好良いんです！　私の自慢のノアですから！」

「…………滅相もございません」

クラウディアがにこにこ笑っていると、不意にフィオリーナがぎゅっとクラウディアを抱き締めた。

彼女のくちびるが、クラウディアの耳元に寄せられる。

「本当はね？」

フィオリーナは、クラウディアへと甘く囁《ささや》き掛けた。

「私もクラウディアちゃんと同じ、お姫さまなのです」

「…………」

そっと立ち上がったフィオリーナは、その人差し指をくちびるの前に翳《かざ》して笑った。

「内緒ですよ?」

「……」

クラウディアは同じように人差し指をくちびるに当て、フィオリーナに返した。

「はい、フィオリーナ先輩!」

「ふふ。ところでクラウディアちゃんは、これから何処へ? 私でよろしければ、行きたい場所まで案内いたしますが……」

すると、後ろの方で見守っていた男子生徒たちが声を上げる。

「フィオリーナが行くのなら、俺たちも当然同行しよう!」

「待て、大人数でついて回ってはクラウディア姫殿下が怖がるだろう。ここはひとつ私がその役目を……」

「僕がフィオリーナの手助けをする!」

「まあ皆さま。どうか喧嘩《けんか》をなさらず、仲良く……」

フィオリーナが止めに入ろうとしたそのとき、男性の声が聞こえてきた。

「――フィオリーナ」

「!」

その瞬間、フィオリーナの表情が、これまでよりも一層明るく華やいだものになった。

「ルーカス……!」

周囲にいた男子生徒たちが、一様にぎくりと顔を顰《しか》める。こちらに歩いてきたのは、フィオリーナたちと同じ八年生の青色のネクタイをした青年だ。

ルーカスと呼ばれたその青年は、黒にほど近い紺色の髪に、サファイアの色をした瞳を持っている。人の目を引く長身で、やや細身だが均整の取れた体格だった。

フィオリーナを取り巻く青年たちも眉目秀麗だが、このルーカスの容姿は群を抜いて整っている。

「こんなところにいたのか。お前のクラスの担任が呼んでるぞ」

「私を探しに来てくれたのですか？」

ルーカスと話すフィオリーナが、本をぎゅっと抱き締めながら頬を染める。近くを通り掛かった女子生徒が、そんなふたりを見て声を上げた。

「見て見て、ルーカス先輩だわ！　なんて格好良いのかしら……！」

「フィオリーナ先輩と並んでいると、お似合いすぎて絵画のよう」

彼女たちだけではない。放課後を思い思いに過ごしていた女子生徒たちが、あちこちから見惚《みと》れているのが窺《うかが》える。

クラウディアは小さな声で、傍らのノアに話し掛けた。

「ふたりとも綺麗で、本当に絵画みたい。ねえノア」

「最もお美しいのは姫殿下ですので、お言葉には同意しかねます」

ノアがきっぱりと断言したそのとき、女子生徒のひとりがクラウディアを見付け、驚いたように声を上げた。

「見て。あそこにいる一年生、すっごく可愛い！」

「まあ、本当だわ！」

「！」

クラウディアの周りには、瞬く間にたくさんの女子生徒が集まってきた。

「きゃあ、近くで見るとますますお人形さんのよう!!　初めまして、あなた転入生!?」

「わわ？」

「お目々ぱっちり、睫毛《まつげ》ふわふわ、ほっぺもすべすべ……！　一年生とはいえ小さいわ、なんて可愛らしいのかしら……！」

「髪の毛もさらさらよ！　大人になったら絶対に絶世の美女だわ。いいえいまも、可愛さと綺麗さが相俟《あいま》って美少女すぎるわね」

「こんな可愛い妹欲しかったあ！　ねえねえ、お菓子食べる？」

「見れば見るほど美人さんだわ。色んな可愛いドレスを着せてあげたい……」

クラウディアがぱちぱち瞬《まばた》きをしている間にも、上級生の数はどんどん増えていく。クラウディアのほっぺをつんつんと突《つつ》く女子が現れると、ノアが耐えかねたように手を伸ばしてきた。

「姫殿下！」

ノアに対しては日頃から、『見縊《みくび》られている方が都合がいいの。私が子供扱いされているときは、なるべく手を出さずに静観してね』と命じていた。

けれども流石《さすが》に看過出来なくなったのか、ノアはクラウディアを抱き上げる。

近頃のノアは、成人女性の平均身長よりも背が高く、抱っこされたクラウディアは上級生たちを見下ろす形になった。

けれど、それで助かった訳ではない。

これまでクラウディアに注目していた女子たちは、ここで初めてノアの顔を見たらしく、彼女たちの目が一様に釘付《くぎづ》けになった。

「っ、君もすっごく格好良い……！」

「!?」

その瞬間、ノアは心底苦い表情を浮かべてみせた。けれども女子たちはそれに構わず、クラウディアを抱き上げたノアを取り囲む。

「そのネクタイは四年生？　つまりは十三歳か十四歳!?　既にこんなに格好良いのに、まだ成長の余地があるということ!?」

「一年生ちゃんを守る騎士さまなの？　可愛い……！」

（まあ。ノアがお姉さんたちに大人気だわ）

「姫殿下、転移魔法の許可を……！」

ノアが小さく懇願した瞬間、人垣の向こうから声がする。

「こーら。下級生いじめるのも、それくらいにしておけよ？」

「！」

女子たちが振り返ったその先には、先ほど現れた青年ルーカスが立っていた。

「ルーカス先輩！」

にっと笑ったルーカスは、悪戯《いたずら》っぽく目を細める。

揶揄《からか》うようなその表情は、女子生徒たちの視線を一気に釘付けにした。ルーカスはひょいと肩を竦《すく》めると、少しだけ意地の悪い声音で言った。

「お前たちが取り囲んでるの、アビアノイア国のお姫さまだぞ？」

「え!?」

女子生徒たちが一斉にクラウディアを見遣ったので、ノアに抱っこされたままのクラウディアは、にこっととびきりの笑顔を作った。

「た……っ」

状況を呑《の》み込んだ彼女たちは、大慌てで一歩引いて頭を下げる。

「大変申し訳ございませんでした、姫殿下!!」

「なんたるご無礼を……！」

「んーん！　クラウディアのこと可愛い可愛いってして下さって、恥ずかしいけれど嬉しかったです！」

クラウディアは愛らしい振る舞いのまま、抱き上げて守ってくれたノアの頭を撫でた。

「ノアも自慢のノアなのです。お姉さまたちが格好良いって仰るから、鼻高々でした。ね、ノア！」

「姫殿下……」

女子生徒たちは、クラウディアの言葉に瞳を潤ませる。

「なんて純真無垢《じゅんしんむく》なお方なのでしょう。クラウディア姫殿下はお姿だけでなく、そのお心までが天使のよう……!!」

「クラウディアさま、学院生活で困ったことがあったら何でも頼って下さいね。今度女子寮の六年生の部屋でパーティーを開きますの、是非いらして下さいな！」

「わあ！　ありがとうございます、お姉さまたち！」

「お、お可愛らしい〰……!!」

女子生徒がきゃあきゃあと声を上げる中、ノアはじっと黙って一点を見据えていた。

その視線の先には、ルーカスがいる。ルーカスは目を細めたあと、クラウディアに恭しく礼をした。

「さて姫殿下。どうやらお急ぎでいらしたところを、呼び止められて災難でしたね」

顔を上げたルーカスは、クラウディアを抱き上げたノアに視線を向ける。

「そちらの騎士殿も、姫を守り抜いて立派だったぞ。大丈夫だったか？」

「……お気遣いを賜り、ありがとうございます」

ノアは静かにそう言ったが、この眉目秀麗な青年のことを警戒しているようだ。クラウディアにしか分からない程度だが、雰囲気でそれが分かった。

ルーカスは後ろを振り返ると、遠巻きにこちらを見ていた少女に声を掛ける。

「フィオリーナ。クラウディア姫殿下は僕が案内するから、お前は先生のところに行ってこい」

「ルーカス。でも」

「はは、これくらい任せとけって！」

明るく笑ってみせたルーカスに、フィオリーナは何か言い掛けてやめる。そのあとに、微笑みを浮かべてクラウディアを見た。

「……残念ですけれど、またねクラウディアちゃん。改めてじっくりとお喋《しゃべ》りいたしましょう？」

「はあい、フィオリーナ先輩！」

「ほーら、そこの下級生たちも散った散った」

ルーカスの合図によって、クラウディアたちの周りに集まっていた生徒たちはあっという間に解散した。

クラウディアは女子生徒に大きく手を振りつつ、ノアに下ろしてもらう。

ルーカスはそんなクラウディアの前に跪くと、丁寧に挨拶を述べた。

「お初にお目に掛かります、クラウディア姫殿下。僕はルーカス・ヴィム・メルダース、八学年です。学友フィオリーナに代わり、姫殿下のご案内役を務めたく」

「ルーカス先輩初めまして！　クラウディア・ナターリエ・ブライトクロイツ、十歳です！　お隣は私のノア！」

「はは！　一国のお姫さまに『先輩』などと呼ばれるのは、少々落ち着かないですね。外見こそ姫殿下より年上かもしれませんが、中身が相応に成長出来ているかは自信がない。僕に対しても、どうぞそちらの従者くんに話すようにしていただければと」

「うん！　じゃあ、先輩のことはルーカスね！」

クラウディアは一切の躊躇《ためら》いを見せず、元気に笑ってそう呼んだ。

いかにクラウディアが王女といえど、年少者からの呼ばれ方を内心で気にする人は多い。

『気軽な口調で話してほしい』と提案された場合は、その相手が本心から言っていそうな場合に限って、クラウディアは口調を崩すことにしている。

「ルーカスも、お友達とお喋りするみたいにクラウディアに喋って平気！　『ひめでんか』も付けないで、クラウディアって呼んでほしいの」

「それではお言葉に甘えて。問題ないか？　従者くん」

「姫殿下がお決めになったことであれば、私から申し上げることは何もございません」

「ははっ、お前も固いなあ！　適当にしてくれていいんだぞ、『ノア』」

「滅相も。そのようなことより、そろそろ移動した方がよろしいかと」

「クラウディア、魔力鑑定室に行かなきゃ！」

そう告げると、ルーカスは「ああ」と合点がいったように笑った。

「こっちだ。ついておいで」

＊＊＊

ルーカスは鑑定室までの道中、クラウディアが退屈しないように気遣ってか、色々な話をしてくれた。

「あの結界の向こう側に泳ぐ魚は、夜になると色が変わるんだ。不思議だろう？　それと、満月の夜に海面を見上げると綺麗だぜ。僕も初めて見たときに感動した、是非体験してみるといい」

「わあ。すごく楽しみ、ノアも一緒に見に行こうね」

「はい。お守りいたしますので、存分にお楽しみ下さい」

「それからこの学院を囲むのは、世界的に見てもかなり質の高い結界だ。魔女アーデルハイトの残した結界を去年、クリンゲイトの王太子殿下が視察に来て改良してくれたんだよ」

「結界、ぴかぴかで綺麗！　あとで触りに行こうっと！」

そんなやりとりをしながらも、ドーム状の結界に守られた海底の学院内を歩いた。時々すれ違う生徒たちが、クラウディアやノアに興味を示して囁き合う。

「ルーカス先輩と一緒にいる男子、誰かしら。背が高いけれど四年生？」

「あの女の子も可愛い！　きっと将来はフィオリーナ先輩のような、素敵な美人さんに成長すること間違いなしね」

クラウディアはその言葉がきっかけで思い出したふりをして、隣を歩くルーカスを見上げた。

「ルーカスは、フィオリーナ先輩と仲良しなの？　フィオリーナ先輩、すごくやさしくて綺麗！クラウディアも先輩みたいになりたいの。どうしたらなれる？」

するとルーカスは顎に手を当て、「ううん」と考える。

「たっぷり寝て、たっぷり食べて、運動する。それからわんぱくでもいい、元気いっぱい遊ぶことかな」

「むう……フィオリーナ先輩、本当にそういう子供だったの？」

「はは、バレたか！　実はフィオリーナも転入生だったんだよ。三年前、あいつが十五歳のときに学院にやってきたから、小さな頃のことはよく知らなくてね」

三年前というその言葉に、クラウディアは少し目を細める。それに合わせ、ノアもこちらを一瞥《いちべつ》した。

「それじゃあいまの先輩は、放課後をどんな風に過ごしているの？」

ルーカスは、ふっと目を細めるように柔らかく笑う。その微笑みはとても目を引く、美しい表情だ。

「――フィオリーナは、いつも歌を歌っている」

「……歌……」

クラウディアは、くちびるを小さく微笑ませた。

「……クラウディア、もっとフィオリーナ先輩のこと知りたい！　フィオリーナ先輩、魔法も上手？」

「あいつは最高位の特別クラス。いまこの学院に通ってる生徒の中では、一、二を争う優れた魔法使いだ」

（そして、フィオリーナ先輩と首位を争っているのはルーカスなのね）

クラウディアには鑑定用の水晶がなくとも、魔力の量程度であれば読み取ることが出来る。

気さくに笑うこの上級生は、かなりの魔力量を有しているようだった。だがルーカスにとっては、特に自慢でもなんでもないのか、敢《あ》えてその話題を出してくる様子もない。

「フィオリーナの妹は、比べられて辛《つら》そうではあるけどな」

「いもーと？」

クラウディアが首を傾げると、ルーカスは教えてくれる。

「二年生のラウレッタ。魔力量は多いんだが、魔法の制御が上手《うま》く出来ずに不安定らしい。一年のときに暴走させて、若干腫れ物扱いされてるんだよな」

「じゃあ、その子は初級クラスにいるの？」

「ああ。なかなか苦労してるらしいし、あいつの妹だから心配なんだけど……さて」

ルーカスは立ち止まり、目の前にある校舎を視線で示した。

「この校舎の一階、突き当たりにあるのが魔力鑑定室だ」

「わあ！」

案内された校舎の入り口で、クラウディアははしゃいでみせる。くるんとルーカスを振り返り、とびっきりの笑顔でお礼を言った。

「ルーカスありがと！　もう大丈夫。ここからはノアと一緒に行く！」

「そっか？」

ルーカスはポケットに突っ込んでいた右手を出して、「じゃあまた」と緩く振る。

「フィオリーナも言っていたが、今度また改めてじっくりお喋りしよう。ノア君は同じ男子寮だし、すぐにでも会えそうだ」

「またね！　ばいばい、ルーカス！」

「失礼いたします。姫殿下をご案内いただき、ありがとうございました」

ぶんぶんと大きく手を振ったクラウディアは、ノアの手を引いて校舎に入る。

ここは生徒の出入りが少ないらしく、周囲に人の気配はない。

クラウディアは防音魔法を張ってから、ノアに告げた。

「呪いの主は、フィオリーナ先輩かその妹のどちらかね」

「――――……」

ノアは静かに目を伏せて、クラウディアに告げる。

「……さすがは姫殿下。調査初日でこれほど迅速な見極めをなさるとは、お見事です」

「あら、ノアも気が付いていたのでしょう？　廊下で聞こえてきた歌は、あのとき歌われていたものではない。強力な魔法の名残だわ」

かすかに流れていたあの歌は、魔力の多い人間にしか聞き取れないものだっただろう。

「フィオリーナ先輩に抱き締められたとき、せっかくなので魔力の性質を探ったの」

「……姫殿下のご様子に変化があったので、恐らくそうではないかと予想していました」

「あのときちょっと考えたのは、先輩に興味深いことを告げられたからでもあるけれどね」

フィオリーナは、小さな声でクラウディアに囁いたのである。

『本当はね。私もクラウディアちゃんと同じ、お姫さまなのです』

ノアにそれを告げると、ノアも僅かに眉根を寄せた。

「フィオリーナ先輩の魔力は、あのとき聞こえてきた歌が帯びていたものと同じ性質。とはいえ、歌の名残が帯びていた魔力は微量だったから、これだけで魔法の使い手を断定は出来ないわ」

「だからこそ、妹の方が呪いの主という可能性もあるのですね」

「ええ。同じ血を引いていれば、魔力の性質は似てくるもの」

「……姉妹のどちらかではある。しかし、姉妹のどちらであるかは分からない、と」

クラウディアは顎に人差し指を当て、廊下を歩きながら首を傾げた。

「フィオリーナ先輩とは接点が出来たし、私とノアがふたり揃って特別クラスに入る必要はないわね。別々のクラスにしましょう」

「……別々」

「特別クラスにはノアが入ってね。フィオリーナ先輩を探ってほしいの」

「…………………姫殿下が、任せると仰って下さるのでしたら」

ノアは澄ました表情だが、魔法の授業まで別々のクラスになることについて思うところがあるようだ。留守番を命じられた犬のような様子に、クラウディアはくすっと笑う。

「私は初級クラスに行くわ。このあとの魔力鑑定、上手に調整しないとね」

「しかしながら、姫殿下。姫殿下に魔力が無いと思われていた四年前であればともかく、現在は姫殿下のお力も知れ渡っています。この魔力鑑定で魔力を誤魔化しても、水晶の不良を疑われてしまうのでは」

「それについては、さっき良いことを聞いたでしょう?」

クラウディアがにっこり笑うと、ノアが僅かに苦い顔をする。

「もしや……」

「ふふ、魔力鑑定はノアが先ね！　クラウディアが最初だと、緊張しちゃって上手に出来ないかもしれないから！」

＊＊＊

その日、転入生の魔力鑑定のために集まった教師たちは、真っ青な顔で愕然《がくぜん》とすることになる。

アビアノイア国の第二王女、末の姫であるクラウディアの鑑定結果が、前代未聞だったからだ。

「だ、駄目です……！　我が校に常備されている鑑定用水晶、すべて粉々に砕け散りました!!」

咄嗟《とっさ》に結界を張った教師陣は、肩で息をしながら狼狽《うろた》えた。

「馬鹿な……魔力鑑定で水晶が爆《は》ぜるなど、これまでに聞いたこともないぞ!!」

「だが、確かにクラウディア姫殿下の魔力に反応して……」

「姫殿下が手を翳した水晶だけでなく、奥に並べていた予備の水晶すら砕けただと……？　有り得るのか、こんなことが……！」

数名集まった教師たちの視線が、従僕にぎゅうっと抱き着いている少女に向けられる。

「えーんえーんノアー。水晶が割れちゃったー、怖いよー」

「……申し訳ございません、先生方。破損した水晶の弁償につきましては、アビアノイア国筆頭魔術師よりご連絡させていただきたく」

「あ……アビアノイア国第二王女、クラウディア・ナターリエ・ブライトクロイツ姫殿下におかれましては……」

呆然《ぼうぜん》としていた教師のひとりが、どこかぎこちない様子で口を開く。

「膨大な魔力量を有しているものの、魔力制御力の欠如が見られることから、初級クラスへの所属とさせていただきます」

（よかったわ、作戦通りね）

「…………」

こうしてクラウディアは、呪いの調査のため『致し方なく』使った方法により、自然な形で初級クラス所属となったのだった。

第2章

『初級クラスの転入生は、無茶苦茶な力を持っているらしい』。そんな噂《うわさ》が学院中を駆け巡るには、夕食までの数時間で十分だったようだ。

学院内の食堂で、クラウディアはわくわくしながらメニューの看板を読んでいる。そんなクラウディアを遠巻きに、生徒たちがひそひそと囁《ささや》き合っていた。

「ほらあの子。魔力鑑定の水晶を、全部粉々にしちゃったんだって……」

「何言ってるんだ、そんな訳あるか。大方なにかの拍子に割れたのが、大袈裟《おおげさ》な噂に変わってるだけだろう？」

「だけど現に、王女だけど初級クラスになったんでしょ？　魔法を制御する力がないなんて、怖いじゃない」

「魔法を制御出来ないといえば、思い出すのはフィオリーナ先輩の妹だけど……」

クラウディアの使う魔法によって、小声の噂話もすべて収集されている。しかしクラウディアは気にすることなく、黒板に書かれたメニューに興味津々だ。

「ノアノア、見て！　こっちのカウンターで選べるお料理は、南の大陸のお料理だって！」

「特有の香辛料が多く使われている、少し癖のある料理ですね。姫殿下には辛く感じられるかもしれませんが、中和が必要でしたら俺にお任せ下さい」

「だけどあっちのお料理も、すごく美味《おい》しそうでどきどきするの。お野菜いっぱい入ってるかなあ？」

「半分以上お召し上がり下さるのでしたら、残りの野菜は俺がいただきます。姫殿下のお心のままに、お好きなものを」

「わあい！　ノアありがと！」

この学院の原則は、生徒を身分で区別しないことと決まっている。従者や庶民であろうとも、王族や貴族と食事や授業を共にすることが出来た。

ノアの食事マナーなどの勉強も兼ねて、クラウディアとノアが一緒に食事をすることは多い。

ノアはそれをあまり良しとしていないが、クラウディアがノアと食べたがるので、諦めて同席してくれる。

「ふんふふん、ごはん、ごはーん」

「姫殿下、やはりトレイは俺がお持ちした方が」

「んーん、自分で持つの！　えーっとお席は……」

きょろっと周囲を見回せば、他の生徒たちがさっと視線を逸《そ》らした。

（魔力鑑定の噂が広まって、適度にやりやすくなったわね。魔力量があっても初級クラス所属になった理由について、説得力があったようで何よりだわ）

こういう事態は予想していたので、食堂が空《す》いていそうな早い時間を選んでいる。クラウディアとノアは食堂の隅に向かい、艶々した木製のテーブルにトレイを置いた。

「ふふっ。防音魔法を使わなくとも、会話を聞かれる心配はなさそうでよかった」

「姫殿下を悪し様《あざま》に言う論調については、看過出来かねますが」

「あら。みんな私の思惑に乗ってくれている、素直で可愛《かわい》い子たちなのよ？」

クラウディアはくすっと笑い、オムライスにスプーンを入れた。

ノアがいつも作ってくれるオムライスは、ふわふわの蕩《とろ》けるオムライスだ。一方この食堂のオムライスは、薄く伸ばされてしっかり火の通ったものだった。

ノアが作るものが一番だけれど、他のオムライスだってとても美味しい。クラウディアは小さな口を開けて、むぐむぐとオムライスを味わった。

クラウディアと同じオムライスを頼んだノアは、真剣な表情で顎を動かしている。

（調味料や食材は何を使っているのか、考えながら食べている顔だわ。ノアはいつでも勉強熱心ね）

にこにこと微笑《ほほえ》ましく見守っていると、気が付いたノアは少々ばつが悪そうな顔をしたあと、こほんと冷静な表情を作って言った。

「……カールハインツさまに連絡し、水晶の弁償について話を進めていただいています。お言い付け通り、姫殿下の私財を使っていただくようにとお伝えしました」

「初級クラスに入る演出のために、学院の備品を壊してしまったものね。泣きながらしっかり反省したし、これで安心よ」

「いいえ。泣き真似《まね》は相変わらずお下手でしたが」

「むう……。ノアは私のことが大好きなのに、泣き真似の判定だけ厳しいのはどうしてなのかしら」

クラウディアはぷくっと頬を膨らませたが、ノアは素知らぬ顔で食べ進めている。ノアは従順な従僕だが、ほんの時々生意気なのだ。

「寮の部屋は、フィオリーナ先輩の妹と同室になったわ」

「――……」

スプーンをぴたりと止めたノアが、ほんの僅かに目を眇《すが》める。

「もしや、姫殿下……」

「それ以外の空室はすべて、鍵が壊れていたり床が脆《もろ》くなっていたり雨漏りの跡があったりしたそうなの。不思議ねえ」

「……そうですね」

魔力暴走の危険がある生徒と同室など、他の生徒が拒んだはずだ。

寮では集団生活を学ぶという名目上、血縁者同士が同室になることはないようになっており、フィオリーナの妹がひとりで部屋を使っていることは想像出来ていた。

「魔法の授業は毎日午後、通常授業のあとに行われるのですって。特別クラスの方が時間は長いようね」

「初級クラスの授業が終わったあと、姫殿下をお待たせしてしまうことになります。……俺の授業は途中で切り上げた方が……」

「だーめ。ちゃんと授業を受けるのが、生徒であるノアのお仕事でしょう?」

あくまでクラウディアを優先しようとするノアのことを、柔らかく叱る。

せっかく年相応の世界を知り、経験を積むことの出来る機会なのだから、それを存分に味わってほしいのだ。

「それに、初級クラスの授業が終わったあとこそ――……」

クラウディアは、視線をそっと食堂の隅に向ける。

「『彼女』のことを知る好機だもの」

「……」

その少女は、姉と同じ淡い紫色の髪を持っていた。

けれども姉ほどの存在感はなく、その雰囲気は透明で、食堂内の人混みに掻《か》き消されてしまいそうだ。

瞳の光は茫洋《ぼうよう》としていて、表情無くくちびるは結ばれている。どうやら彼女は目立たないよう、気配を殺しながら歩いているようだった。

あれがフィオリーナの妹であり、高い魔力を持ちながら初級クラス所属になったという、十一歳の少女ラウレッタだ。

食べ終わった食器をトレイに載せ、隠れるように歩くラウレッタは、大勢に囲まれた姉のフィオリーナとは全く違う。

それでもその姿を目に留めて、ひそひそと囁き合う生徒はいた。

「フィオリーナ先輩の妹だ。相変わらずいつも黙りこくっていて、幽霊みたいだな」

「うちの弟が同じクラスなんだけど、あの子の声を聞いたことがないらしい。授業で指されても何も答えず、教師たちも大層困ってるんだと」

「フィオリーナ先輩とは全然違うよな。同じ姉妹でも、こうまで差が出るもんか？」

「おい、これ以上はやめておけよ。万が一こんな話が聞こえて、魔力暴走でも起こされたら……」

「た、確かに。いくら先輩の妹といえど、怖いものは怖いからな……」

クラウディアはもぐもぐとオムライスを食べながらも、ラウレッタの横顔を観察する。姉妹の瞳は同じアメジスト色なので、魔力の性質も似ているはずだ。

（お姫さまのように守られて愛される姉と、ひとりぼっちで遠巻きにされている妹。妹の方は魔力暴走を一度だけ起こしたことが理由で、一年以上経《た》っても腫れ物扱いされているのね）

先ほど水晶を砕いた際、教師たちが一様に狼狽《うろた》えていたことを思い出す。

（大人が十分なケアをしておけば、彼女や生徒たちの状況は変わっていたかもしれない。五百年前にこの学院を造ったとき、生徒の教育方法だけではなく、教師をどう育てるかの筋道も作ったつもりだったけれど……）

小さな口を動かしながら、スプーンに映ったクラウディア自身の姿を見詰めた。

（どうやら、これでは欠けているわ）

「……姫殿下」

クラウディアが顔を上げると、ノアは真摯な表情でこちらを見据えていた。

「姫殿下が初級クラスへの所属をお選びになったのは、ラウレッタの調査のためだけではありませんよね」

「ふふ。どうしてそう思うの？」

「従僕ですから。――こんなとき、あなたが何に心を痛め、どのようなことに責任を感じられるのかは知っているつもりです」

ノアはそう言って目を伏せると、サラダのためのフォークを手にする。決して大袈裟にならないよう、わざと食事を続けながら話しているのだ。

「学院を変えるおつもりでしょう？」

「そんなに大それた話ではないわ。けれど」

クラウディアは小さく微笑んで、食堂を出ていくラウレッタにまなざしを向けた。

「欠けているものは、埋めなくてはね」

「――――……」

＊＊＊

その夜、他には誰もいない男子寮の屋上で、十二歳のジークハルトは静かに目を閉じていた。

海の中にある学院では、海こそが空の役割を果たす。夜になって陽光を通さなくなった海水は、真っ暗な夜空と変わらない色をしているのだった。

夜をひとりきりで過ごすことに、ジークハルトは慣れている。

生まれてから今までの十二年間、大半をこうして生きてきたからだ。

寮の周囲に広がる森からは、食堂棟から帰ってくる級友たちの笑い声が聞こえてくる。

自分が実年齢より大人びている自覚はあるが、ジークハルトが同級生と一緒に過ごすことがないのは、周囲と精神年齢が合わないからというだけではない。

『ごめんなさい、兄上』

ジークハルトの耳に響くのは、幼い頃から耳にしてきた父の声だ。

『ごめんなさい兄上。ごめんなさい、ごめんなさい、どうか許して……‼』

『……ジークハルト殿下。お父上の傍《そば》にあまり、近付かれませんよう……』

遠ざけようとする侍従たちの陰から、ジークハルトは父を見詰めた。黒曜石の瞳を持つ父の目には、強い恐怖心が宿っている。

『ぶたないで。許して兄上、許して……‼』

かつてこの国の王だった伯父を、ジークハルトの父が殺したのだという。

父はそれから王になり、強力な魔術師として君臨した。ジークハルトは次期国王として、とても厳しい教育を受けてきたが、そんな日常は数年ほどで変化する。

城に美しい『魔女』がやってきて、父を壊したからだ。

城内で起きた出来事を、ジークハルトは目にしていない。危険だからと別棟に遠ざけられており、ようやく護衛から逃れて出たときには、すべてが終わったあとだった。

けれどもあのとき、城の庭から見上げた光景を、ジークハルトはいまでも覚えている。

淡い茶の髪を持つその魔女は、傍らに黒髪の青年を従えて、城の屋上にある庭園に立っていた。

彼女が何かの魔法を使うと、あちこちに光り輝く花が咲く。それはふわりと舞い上がり、王都の空中を花で埋め尽くしたのだった。

あの日の光景を、ジークハルトは忘れない。

そして同じように父の中にも、彼女たちの記憶が焼き付いているようだ。

『兄上、許して。兄上、どうかお願いだ、兄上……!!』

『ジークハルト殿下、こちらへ。面会終了のお時間です』

『兄上が俺を迎えに来る……!! レオンハルトが、そしてあの魔女アーデルハイトが、地獄の兄上に俺の居場所を告げたんだ……!!』

ジークハルトは美しい魔女と、その傍らに付き従う男の名前を知っている。

「……」

過日を思い出すことをやめたのは、階下に続く階段の方から、生徒の話し声がしたからだ。

「ほら、さっき食堂にいただろ? 淡い茶色の髪をした、あの女の子!」

その特徴は、記憶に焼き付いている魔女と同じだ。

「転入生で、魔力鑑定用の水晶を砕いたらしい。初級クラスになったらしいけど、そんな危なっかしい子は退学にしてほしいよ……」

屋上に先客がいることを、こちらに向かってくる生徒たちは気が付いていない。

「でも、従者が傍にいるんだろ? あの黒髪の。そいつが大人しくくっついてるなら、そんなに危ないことが起きたことはないって証明じゃないか?」

「その従者、従者のくせに特別クラスらしい。自分だけは何かあっても対処出来るからって、危険なお姫さまの傍にいても涼しい顔出来るんだろ」

「…………」

淡い茶の髪を持つ少女と、その従者である黒髪の少年。

ジークハルトは目を伏せると、必然的に連想される名前を呟《つぶや》く。

「……アーデルハイトと、レオンハルト……」

＊＊＊

生徒たちが居住する三つの棟は、学院の南側にある森の中に建てられている。

その森の中央に存在するのは、食堂棟と呼ばれている建物だ。

この棟には食堂以外にも、談話室や自習室、遊戯室といった共用の空間が数多くあった。夕食後は、半数ほどの生徒たちがいずれかの部屋に集まって、友人たちとのお喋《しゃべ》りや遊びに夢中になるそうだ。

食堂棟の東側には男子寮があり、西側には女子寮がある。

それぞれ食堂棟から歩いて数分ほどであり、寮同士も距離は離れていないのだが、結界によって異性の寮には近付けない仕組みになっていた。

「ノアと過ごしたかったけれど、ラウレッタ先輩は寮に戻っているようだわ。私も調査を進めるために、今日はお部屋に戻るわね」

「…………はい。姫殿下」

ノアは重苦しい返事のあと、真剣な顔で跪《ひざまず》いた。

「万が一何か危険なことがあれば、すぐに俺をお呼び下さい。必ずお助けしに参りますから」

「もう。大丈夫だから、何かあっても結界を壊しちゃ駄目よ？」

黒髪をよしよしと撫《な》でたあと、結界の目前まで見送りに来たノアに手を振る。ノアが本当の犬だったら、きっと耳と尻尾が萎《しお》れていたはずだ。

（私の可愛いワンちゃんのためにも、早く解決しないとね）

三階の突き当たりにある扉の前で、クラウディアは立ち止まる。

先ほど荷解《にほど》きを終えるまで、この部屋の同室者は帰ってこなかった。けれどもいまは、扉の向こうに人の気配を感じる。

クラウディアは小さな手を伸ばし、扉をこんこんとノックした。

返事はない。

重厚な造りのドアノブを摑《つか》んで回せば、僅かに軋《きし》んだ音を立てて扉が開く。

「！」

クラウディアの目の前を、一匹の魚が横切った。

その一匹だけではない。二段ベッドの置かれた寮の室内は、透明な魔力に満ちている。

その魔力の中を、たくさんの魚の群れが、互いを追い掛けながら泳ぎ回っていた。

まるで本物の水中のようだが、ここは紛れもなく寮の部屋だ。

天井を見上げれば、ピンク色をしたクラゲがゆらゆらと揺蕩《たゆた》い、こちらを見下ろしているみたいだった。

クラウディアの正面、壁際に据えられた窓の下には、紫の髪を持つ少女が座り込んでいる。

「………」

ふわふわと広がった長い髪に、魔力で作られた魚たちが潜り込んで遊んでいた。

少女の瞳はぼんやりしていて、感情がほとんど窺《うかが》えない。

学年は二年生ということなので、年齢はいまのクラウディアよりひとつ上となる。けれども幼く見える彼女は、小さなくちびるをきゅっと結び、静かにクラウディアのことを見据えていた。

フィオリーナの妹であり、呪いの主だと疑われる少女ラウレッタは、寮の一室を擬似水槽に仕立て上げたのだ。

「わあ……っ」

クラウディアは瞳を輝かせ、部屋の中に飛び込んで声を上げた。

「すごいすごい!! お魚たくさん、これなあに!?」

「………」

ラウレッタはむっとくちびるを曲げると、人差し指で扉を指差す。

クラウディアは後ろを振り返り、はっとしてラウレッタに謝った。

「ごめんなさい、扉を閉め忘れちゃいました! でも、その前に初めましてラウレッタ先輩! クラウディア・ナタ－リエ・ブライトクロイツ、一年生です！」

スカートの裾をドレスのようにして摘《つま》み、クラウディアは丁寧な礼をした。けれどもラウレッタは声を発さず、ふるふると首を横に振る。

「……」

「はい！　急いで閉めますね！」

クラウディアが扉を閉めたあと、ラウレッタはますます顔を顰《しか》めた。クラウディアはそれに気付かないふりをして、部屋の中を泳ぐ魚へと手を伸ばす。

「お魚さんも、こんばんは！　ご飯の前に荷物を置きに来たときは、普通のお部屋と変わらなかったのに。ラウレッタ先輩の魔法ですよね？　すてき！」

「………」

迷惑そうな顔をしたラウレッタは、一言も発することはない。つい先ほど、男子生徒たちがこんな噂をしていたことを思い出す。

『うちの弟が同じクラスなんだけど、あの子の声を聞いたことがないらしい。授業で指されても何も答えず、教師たちも大層困ってるんだと』

クラウディアは、いまの時点でラウレッタからの返事を求めるつもりはない。

まずは今後の調査のために、踏むべき段階がいくつかあった。

（本当に、見事な魔法だわ）

この部屋に満ちた魔法を感じ取りながら、クラウディアはそっと目を細める。

小さな手を伸ばして触れた魚は、クラウディアの指先をつんっと突《つつ》いた。それがくすぐったくて面白く、部屋中をぐるりと見渡してみる。

（緻密に計算されているというよりも、自由な発想と表現力で組み上げられたものね。まったく同じ魔法を使ってみようとしても、彼女自身ですら二度と再現出来ないのではないかしら）

自由に過ごすクラウディアを前に、顰めっ面のラウレッタはむにゅむにゅとくちびるを動かした。恐らくはごくごく小さな声で、クラウディアにも聞こえない詠唱を紡いだのだろう。

「――……」

「わあ！」

素直に驚いたふりをして、クラウディアは目を丸くする。

魔法に反応した無数の魚が、群れを成してクラウディアに襲い掛かったのだ。

水流のような魔力の動きが渦を巻き、クラウディアの髪やスカートをはためかせる。クラウディアを威嚇するようなその動きは、明らかな拒絶だった。

（荒れ狂う海流や波のような魔法。魚の形をしているだけで、これは立派な攻撃魔法だわ。彼女がその気になれば簡単に、私に魔力の塊がぶつかってくる……）

こちらを見ているラウレッタが、くちびるの動きだけで紡いだ。

『――出ていって』

魚たちの帯びる魔力が、どんどん強くなってゆく。

『あっちに行って。私に構わないで。どうせあなたも私を怖がって、ひどいことを言うもの』

（声には出していないはずなのに、切実さが伝わってくるわ）

『みんないじわる。みんなきらい。みんな……』

（残念ね。誰ひとり、この子のことを見ていないだなんて）

魚たちの群れを見詰めながら、クラウディアは教師たちの判断を嘆く。

（こんな魔力の持ち主を、どうして初級クラスに入れてしまったのかしら）

「……!?」

クラウディアが手を翳《かざ》したその瞬間、ラウレッタは大きく目を見開いた。

「えい」

「！」

クラウディアが短い呪文を詠唱すると、ピンク色をした魚たちがたくさん生まれる。

クラウディアの作り出した魚を見て、ラウレッタの魔法の魚がぴたりと止まった。それから慌てて引き返そうとするが、クラウディアの魚たちはそれを追い掛ける。

「えへへ！　お魚さんたち、鬼ごっこしてるみたい」

「………!?」

あんぐりと口を開けたラウレッタを、クラウディアはにこにこと見遣《みや》る。

「私のお魚さん、ラウレッタ先輩のお魚さんと仲良しになっちゃいました。一緒に遊べて嬉《うれ》しそうです！」

実際のところ、ラウレッタの魚たちは迷惑そうに逃げ回っているだけなのだが、分かっていて素知らぬふりをした。

『どうして』

ラウレッタはぎゅっと顔を顰めたまま、くちびるの動きだけで言う。

『どうして魚たちを止められたの。どうしてあなたも同じ魔法が使えるの。どうして』

ラウレッタは自らの膝を抱え、ぎゅうっと抱き締めるようにしながらクラウディアを見た。

『私のことが、怖くないの』

声に出ていないその言葉に、クラウディアは微笑みを浮かべた。

「ラウレッタ先輩」

「！」

クラウディアはととっと彼女に駆け寄ると、その手を取ってきゅうっと握る。

「先輩の魔法、すーっごく綺麗《きれい》！」

「……！」

姉と同じ色をしたラウレッタの目が、きょとんと丸く見開かれた。

「こんなに綺麗な魔法なのに、怖くなんてないです！　きらきらして、わくわくして、大好き！」

「…………っ!?」

ラウレッタはぱっと手を引いて、信じられないものを見るまなざしを向ける。クラウディアはそれでも彼女の手を取り直し、もう片方の手で天井の方を指差した。

「ね、ラウレッタ先輩！」

「！」

クラウディアが小さな手で示したものを、ラウレッタも見付けてくれたようだ。

二段ベッドの上段付近では、先ほどまでクラウディアの魚から逃げていたラウレッタの魚が、いつの間にか仲良く泳ぎ始めている。

「私のお魚さんも、ラウレッタ先輩のお魚さんが大好きだって！」

「……うあ……」

かすかな声を零《こぼ》したラウレッタは、はっとして自分の口元を手で押さえる。

それからクラウディアの方を窺ったあと、俯《うつむ》いた。クラウディアはにこにこしながらも、内心で冷静に分析する。

（先ほど、魚たちが私の方に襲い掛かってこようとしたのは、この子が命じた訳ではないのだわ）

恐らくは、クラウディアに出て行ってほしいという感情に呼応して、魔力が突発的に働いてしまっただけなのだろう。

（膨大な魔力を持っていて、柔軟な発想を持つ天才肌。けれど彼女は、感情と魔法の制御がとても苦手なだけ）

「……っ」

ラウレッタはクラウディアを必死に睨《にら》みながら、はくはくと口を開閉させた。

喉元に手をやり、想《おも》いを絞り出すかのように、微《かす》かな声でこう紡ぐ。

「早く出て、行って」

「わあ」

ようやく彼女の声を聞くことが出来て、クラウディアは瞳を輝かせた。

「ラウレッタ先輩の声、可愛い！」

「〜〜〜……っ!?」

ラウレッタの顔が赤く染まる。彼女は愕然《がくぜん》としているが、クラウディアは構わずに無邪気なふりをして続けた。

「お部屋を海みたいにしちゃうのも素敵。お魚さんたちをいっぱい泳がせてるのも素敵！　どうしてそんなことを思い付いたの？　私、ラウレッタ先輩ともっともっとお喋りしたいです！」

「う、あ」

「先輩のこと怖くなんかない。だって、こんなに素敵だから！　それに、私」

クラウディアは真《ま》っ直《す》ぐに彼女の瞳を見詰めた。そして、ラウレッタが最も欲しているであろう言葉を告げる。

「怖い魔法が襲ってきても、お守りの魔法があるから大丈夫なの！」

「……！」

ラウレッタは明らかな興味を示し、クラウディアをじっと見た。

「私の従僕、ノアっていいます。ノアはとっても魔法が上手で、クラウディアを魔法で守ってくれているの」

「……」

「ノアは男の子だから、女子寮には来られないけれど……離れたところにいても、ノアの魔法が守ってくれるから、大丈夫！」

本当はノアの魔法がなくとも、クラウディア自身が対処出来る。しかし、初級クラスとして振る舞っているクラウディアよりも、ノアの名前を出しておいた方が良いはずだ。

「クラウディアの手、もう一回触ってみて！」

「………………」

畏《かしこ》まった言葉遣いをやめて、幼い口調に切り替える。

クラウディアの変化を感じ取ったかは不明だが、ラウレッタはおずおずと手を伸ばし、きゅっと手を握ってきた。

「……？」

「ね！　クラウディアの手、あったかいでしょ。ノアの魔法が守ってくれてる証拠なの」

「！」

これも嘘《うそ》だ。誰かの魔法に守られていたとしても、体温に変化は生じない。

けれども十一歳のラウレッタは、しげしげとクラウディアの手を眺めていた。クラウディアは微笑みつつ、ラウレッタを諭す。

「ラウレッタ先輩のこと怖くないから、一緒のお部屋に居られると嬉しい。ラウレッタ先輩も、クラウディアが魔法で怪我《けが》をしなければ、一緒のお部屋に居るのは怖くない？」

「う……」

視線を彷徨《さまよ》わせたラウレッタは、くちびるの動きだけでこう言った。

『少し、だけ』

「よかったあ！」

クラウディアがぎゅうっと抱き着くと、慌てたように身じろいだ。とはいえ、クラウディアを引き剝がそうとしない上に、魔法の魚たちは安定している。

「ラウレッタ先輩！　一ヶ月、よろしくお願いします！」

「…………」

ラウレッタはしばらく俯いたあと、こくりと頷《うなず》いてくれたのだった。

＊＊＊

「ラウレッタ先輩、すごいすごい！」

寮のお風呂に入ったあと、ラベンダー色のナイトドレスに身を包んだクラウディアは、二段ベッドの下段でぱちぱちと拍手をした。

同じ石鹼《せっけん》の香りをさせているのは、アイボリーのナイトドレスを着たラウレッタだ。クラウディアの向かいにぺたんと座り、シーツの上にたくさんの貝殻を並べている。

「こんなに綺麗な貝殻、たくさん持ってるなんて素敵！」

「…………」

クラウディアに尊敬のまなざしを向けられたラウレッタは、無言のままではあるものの、鼻高々といった表情で胸を張った。

「白くてつやつやのと、ピンクできらきらしてるのが可愛い。クラウディア、貝殻はこの一枚しか持ってないの」

「……」

「えへへ、これも可愛い？　ありがとうラウレッタ先輩！」

ラウレッタが身振りで褒めてくれたのを感じ、クラウディアは笑う。

宝物をこうしてお披露目出来ることが楽しいのか、ラウレッタはクラウディアが寝台に上がるのを許してくれたのだ。

お互いにふわふわの枕を抱っこして、可愛らしい貝殻を眺めながら遊ぶ様子は、幼い少女たちにぴったりの光景だっただろう。クラウディアは紫色の貝殻を手に取ると、もう一枚あった同じ色合いの貝殻と並べた。

「貝殻はどこで集めるの？　結界の外にある海？」

「……」

ラウレッタは首を横に振ったあと、身振り手振りで懸命に説明する。

「地面を掘る？　そっかあ。学院の地面は、海の砂を固めたものなのね！　掘ると貝殻が出てくるんだ！」

ラウレッタはこくんと頷いたあと、くちびるの動きで紡いだ。

『外には、出られない』

それを見て、クラウディアはわずかに目を眇めた。

（……学院を覆うこの結界は、生徒たちを守るためのもの。並の魔術師では、外から転移してくることはおろか、この学院がどの位置にあるかも掴めないわ）

必然的に、人の出入りは限定的だ。

結界内の転移を許可する魔法式は、教師だけがその内容を知っていて、学院を去る際は決して口外出来ないように魔法を掛けられる。

（すべては外からの侵入を防ぐため。王侯貴族の子息や、成長すれば国家を揺るがす魔術師になるかもしれない子供たちがいるのだもの。それくらいしなければ守れない、けれど）

外からの侵入を防ぐ魔法は、同時にその逆にも作用するのだ。

（この学院に入った子供たちは、自分の意思で外に出ることが出来ない）

そんな造りにせざるを得なかったことは、創始者アーデルハイトであるクラウディアにとって、確かな心残りのひとつなのだった。

「ラウレッタ先輩は、お外に出たいの？」

「……」

「それとも、ずうっとこの中にいたい？」

ラウレッタは俯いて答えなかったが、クラウディアが首を傾《かし》げると、やがてゆっくりとくちびるを開いた。

『ここは、静か』

「……先輩」

声を発さないくちびるの動きは、クラウディアに話をするというよりも、まるで独り言を紡いでいるかのようだ。

『ゆったりする。透き通る。うとうとする……』

ラウレッタは窓の外に目を遣ると、結界の向こうに広がる海を見上げる。

『……お父さま。私を外に、出さない』

彼女はぎゅっと枕を抱き締めると、表情を変えずに淡々と言った。

クラウディアは、昼間にフィオリーナから聞いた言葉を思い出す。

『――本当はね。私もクラウディアちゃんと同じ、お姫さまなのです』

（学院には、王侯貴族の子供たちがたくさん通っている。私のような王女だって、他に居たっておかしくないけれど……）

一日学院の中を歩いてみた結果、フィオリーナが王族の血筋であるという話は聞こえてこなかった。

ルーカスだって話題に出さなかったのだから、少なくとも学院の人々には、王族だと思われていないようだ。

（王族が、その血筋を隠して学院に通っている可能性だって、十分に考えられるわね）

この四年、クラウディアは呪いの調査を続けてきた。

（呪いの核となるものは、五百年前から伝わっている魔法道具）

その魔法道具から『主』として選ばれるのは、王族の血を引く人物であることがほとんどだったのだ。

クラウディアの異母姉であるエミリアや、五百年前に弟子だったシーウェルだけではない。

四年の間に解決してきたたくさんの騒動を思い返しながら、クラウディアは髪を耳に掛けた。

（呪いの発動には強い願いに加えて、強い魔力が必要になる。必然的に王族や、高位の貴族に限られてくる訳だけれど……）

先ほどラウレッタを抱き締めた際、間違いなくフィオリーナと同じ血筋だと感じた。ふたりの魔力はとてもよく似ている。

呪いの主がどちらであるか、そこまでは断定出来そうになかったものの、このまま調査をすることは間違いではなさそうだ。

（フィオリーナ先輩やラウレッタ先輩は、王族の血筋であることを隠している……？）

そうだとすれば、今回もまた呪いの魔法道具が、王族を主に選んだということになる。

（やっぱり偶然が重なりすぎているわね。呪いの魔法道具をばら撒《ま》いてきた人たちは、王族を意図的に狙っているとしか思えないわ）

四年の間に何度も考えてきたが、忌々しいことだ。クラウディアが目を伏せると、ラウレッタが不思議そうに首を傾げた。だから、クラウディアは言う。

「……クラウディア、眠たくなっちゃった……」

半分以上の本心を交ぜながら、ごしごしと幼く目を擦《こす》る。ラウレッタもこくんと頷いたので、クラウディアは微笑んで彼女に言った。

「ラウレッタ先輩、上のベッドで一緒に寝よ！　シーツに並べた貝殻を片付けるの、明日にしちゃいましょ」

「！」

こうしてクラウディアは、十歳の子供が眠るにはほんの少しだけ早い時間に、ラウレッタと一緒に眠りについたのだった。

＊＊＊

クラウディアがすやすやと寝息を立てている頃、各種の魔法を組み合わせて男子寮を抜け出したノアは、この学院を覆う結界の傍を歩いていた。

結界の向こう側に広がるのは、真っ暗な海中の景色だ。

学院と海を隔てる結界は、触れてみればひどく冷たい。ノアは目を閉じると、結界から感じ取れる魔力を分析する。

（……この結界を構築する魔法式は、緻密なのに華やかだ）

魔法とはその使い手によって、同じ効力でも構成が異なる。

生来の魔力によるものであったり、代々受け継ぐ血筋の傾向や、本人の魔法の使い方。そういったものが折り重なって、唯一無二のものとなるのだ。

（さまざまな魔法が丁寧に折り重ねられているのに、迷いのようなものがひとつも感じられない。それでいてたくさんの遊び心や、茶目っ気のようなものがある）

ノアが脳裏に描くのは、命よりも大切な主君の姿だった。

（……これが、五百年前から残り続けている、『アーデルハイトさま』の魔法なのか）

この結界を張ったのは、ノアの主君が生まれ変わる前の存在である。

（魔法の使い方としてはよく似ているが、姫さまとはある部分が決定的に違う）

ノアは双眸《そうぼう》を閉じたまま、手のひらで結界に触れてゆく。

少しずつ、そこに込められたすべてを感じ取れるように、深い集中力をもって分析を続けた。

（アーデルハイトさまの方が、魔法の使い方が大胆だ。こんなにも巨大で強力な結界を、一瞬で展開させた痕跡がある）

もちろん魔力量だけでいえば、クラウディアだってアーデルハイトと同等のはずだ。

けれどもいまのクラウディアには、アーデルハイトのような結界を展開することは出来ない。

そんなことをしては体の限界が来て、いつかのように血を零してしまうだろう。あの日のことを思い出すだけで、顔を顰めたくなるほどだ。

（いまの姫さまでは、魔力を一気に消耗する魔法は使えない）

クラウディアはすぐ眠くなり、ノアにくっついて寝息を立て始める。

強い魔法を使ってしまうと、その負荷で命を落とす可能性だって高い。

（それはまだ姫さまが幼く、お身体《からだ》が耐えられないからだと。……これまでは、そう思っていた）

けれどもこの頃のノアは、僅かな疑念を抱き始めている。

（姫さまの年齢は十歳。今年の十二月になれば、お誕生日を迎えて十一歳になられる。俺が姫さまと出会ったときの年齢を超えていらっしゃるが……）

当時のノアは九歳で、いまのクラウディアよりも年下だ。

（あのときの俺が使えた魔法にも、いまの姫さまは耐えられない。それは本当に、年齢や身体の幼さだけが理由なのか？）

確かにクラウディアは小柄であり、同じ年頃の少女たちよりも幼い外見をしている。年齢をいくら重ねたところで、体が成長しなければ無意味というだけのことなのかもしれない。

だが、ノアにとっては気掛かりのひとつであり、解決しておきたい疑問でもあった。

（一度、姫さまにも進言したことがあったが）

そのときのクラウディアは、ノアが焼いたホットケーキを前にしながらも、ぷくっと片頬を丸く膨らませた。

『まあ、私の可愛いノアったら！　そんなことを言って、身長を伸ばすためにお野菜をたくさん食べさせたいのね』

『いえ、そのような訳ではありませんが』

『ふふ、冗談よ。けれども安心なさい、この体はまだまだすくすく成長中なのだから』

そう言ってフォークを握り締め、誇らしげに胸を張ったのだ。

『身長だって前に測ったときより、なんと二センチも伸びていたの。ほら、すくすくでしょう?』

『……姫殿下がお喜びでいらっしゃるのであれば、何よりです』

クラウディアがまったく気にしていない様子を見せたのは、本当に大した問題ではないと考えているからだろうか。

(弱い部分をお持ちであっても、それを明かさないのが姫さまだ。その中でも俺に対しては、他の誰よりも信頼し、打ち明けて下さっているが……)

クラウディアの従者である以上、それくらいの自負は持ち合わせている。とはいえ、何もかもという訳ではない。

(俺が出来うる、すべてのことを)

結界から得られる情報は、ひとつも逃したくはなかった。

(アーデルハイトさまの魔法を知ることも、姫さまをお助けすることに繋《つな》がるはずだ)

呼吸することを意識しないと、ともすれば忘れてしまいそうだ。ノアは集中を絶やさないようにしながらも、短く息を吐き出した。

(この中に、古代魔法の術式もいくつか組み込まれているな)

五百年前のアーデルハイトが、魔法の考え方に大きな革命を起こす前のものだ。

いまの時代にはほとんど残っていないものだが、クラウディアから教えを受ける中で、ノアも一通り学んでいる。

(こっちは東の大陸のもの。結界の強度を出すために、硬度を高めるのではなく、ある程度の柔軟

性を持たせていらっしゃるのか）

記憶して分析するだけではなく、自分だったらどう使うかにも想像を巡らせた。

夜の静寂の中、結界の向こうからは、洞窟の中で聞く風の音にも似た響きが伝わってくる。

（比較的新しい魔力？　これは……）

その魔力に心当たりがあったため、ノアはそこで眉間に皺《しわ》を寄せた。

（クリンゲイト国の、スチュアート）

あの男が学院を訪れて、結界の増強に手を貸したという話は聞いた。スチュアートとは、クラウディアとノアが二年前に出会い、そのときはずっと自室に閉じ籠っていた王子の名前だ。

アーデルハイト信仰のある国で、スチュアートも『魔女アーデルハイト』に憧憬を寄せていた。

クラウディアがあの国の呪いを解いて以降、部屋から出て国に尽くしたスチュアートは、結界魔法の才能を活《い》かして各国との関係を築きつつあるそうだ。

「…………」

ノアは結界から手を離すと、開いた目をむっと眇めた。

スチュアートは恐らく、アーデルハイトの結界を補助するためにやってきたのだろう。苛立《いらだ》ちはするが、スチュアートの才能は本物だ。

スチュアートの魔法を分析するために、改めて結界に触れようとした。

「！」

そのとき不意に視線を感じ、ノアは後ろを振り返る。

「……？」

男子寮の屋上には、常夜灯が揺らいでいた。その光に照らされて、ほんの僅かに人影が見える。

（あれは……）

ここからは、その姿などは窺えない。

その顔立ちや表情はおろか、身長を含めた体格すら曖昧なほどだ。けれど恐らくその背丈は、いまのノアよりも僅かに低い程度ではないだろうか。

（俺よりも少し年下の、子供？）

屋上の人影は、ノアの方を真っ直ぐに見据えているように感じた。

ノアも視線を逸らす気になれず、目を眇めて人影の方を見据える。そうしていたのは数秒ほどで、人影はすぐに屋上から立ち去った。

「……」

恐らくはたまたま屋上に誰かが居て、お互いの存在に気が付いただけだ。

その可能性が高いと分かっているのに、ノアは何処《どこ》となく予感めいたものを抱き、クラウディアから教わった従兄弟《いとこ》の名前を口にしていた。

「……ジークハルト……」

＊＊＊

翌日から始まった一年生の授業は、これまで生徒の立場で教えを受けたことのないクラウディアにとって、とても新鮮なものだった。

午前中にあるのは通常授業であり、十歳に向けた内容だが、改めて習うのも十分に面白い。

自国では家庭教師をすべて拒み、好き放題の我儘《わがまま》王女として振る舞っているので、なかなか得られない機会なのだ。

休み時間、中庭の噴水に腰掛けたクラウディアは、ノートの見開きを広げてノアに報告した。

「じゃあん、どうかしら。数学の先生が私のノートを見て、よく纏《まと》められていると褒めてくださったの」

海の上は今日も晴れているようで、結界の中には美しい光が降り注いでいる。大きな亀が泳いでいる海の下で、ノアは真剣に頷いた。

「おめでとうございます。もっとも、姫殿下であればそのような評価も当然ですが」

「ふふ」

ノアが口にした内容そのものより、大真面目な言いようがおかしくて笑う。

「ノアは平気？　休憩時間の度に私の教室にやってきて、授業開始に遅れたりしなかったかしら」

「俺は姫殿下の従僕ですので。そのようなことで主君の評価を落とすような真似は致しません」

「いい子のノアには百点をあげましょう。よしよし」

頭を撫でても拒まれないのは、中庭に他の生徒の姿があまりないからだ。ノアは大人しくされるがままになりながら、それでも少々気まずそうに口を開いた。

「……改めて、今朝はあまりお話し出来なかった点の再確認をさせていただきます。ラウレッタは間違いなくフィオリーナの妹なのですね」

「ええ。どちらかが妹や姉のふりをした赤の他人、という訳ではなさそうだったわ」

「……」

ノアはクラウディアを一瞥《いちべつ》したあと、改めて続ける。

「あのとき聞こえた『呪いの歌』の主は、やはり姉妹のうちどちらかであると。その上でフィオリーナは、自らが何処かの国の王族であることを仄《ほの》めかした……」

「身分を隠して通学する生徒は、きっと沢山いるはずね。いくら外敵の来ない学院といえど、万が一の可能性があるもの」

「もう一点気掛かりなのは、ラウレッタが滅多に声を発さないという点です」

クラウディアは今朝の食堂で、ノアにそのことを話していた。

「生存者たちはみな、船が消える前に歌を聞いたと証言していますから。呪いの媒介に歌が使われているのであれば、『声』は大きな鍵になるのでは？」

「それも珍しい話だけれど。呪いの魔法道具とは、大抵が銀細工のような形をしているもの。そこに魔力を流し込むにあたって、歌が使われたのを見るのは初めてだわ」

クラウディアはことんと首を傾げ、ゆらゆらと足を動かす。

「昨日ね、ラウレッタ先輩と一緒の寝台で眠ったの」

「は」

目をみはったノアに対し、クラウディアは気にせず言葉を続けた。

「呪いを発動させるときは、呪いの魔法道具を身につけている必要があるでしょう？　一緒に眠ればひょっとして、それを見付けられないかしらと考えて」

「……」

「けれども駄目ね。不審がられないように『くすぐりっこ』と称して遊んだりもしたけれど、さすがに不躾《ぶしつけ》に触れるのは憚《はばか》られたわ。服の中に隠しているかもしれないし、常時身に付けているとは限らないもの」

「………」

クラウディアが話すのを、ノアは複雑そうな顔で聞いている。

「それよりも効率が良いのは、一緒にお風呂に入る方かしら……ノア？」

「………」

ノアの眉間に寄せられた皺を見て、クラウディアは微笑ましさにくすりと笑った。

「ひょっとして、やきもちを妬《や》いているの？」

「…………」

きっとこんな風に言ったところで、ノアはすぐさま否定するだろう。そう考えていたのに、ノアはぽつりと低い声で言う。

「姫殿下が眠いときに頼って下さるのは、俺だけなのだと思っていました」

「！」

素直に発せられたその言葉に、クラウディアは胸がきゅうっとなった。

「ノアったら、とっても可愛いわ！　いい子いい子、さみしくなっちゃったの？」

「っ、姫殿下……！」

「戦略的同衾《どうきん》だから安心して。ノアの姫さまが安心して眠れるのは、頼れる従僕に抱っこされているときだけよ」

「申し訳ありません、出過ぎた発言をお詫《わ》び致します。ですから何卒《なにとぞ》全力で撫で回すのはおやめください……！」

可愛いノアをたっぷり褒めていると、ノアはいよいよ耐えかねたように口を開く。

「そのようなことよりも、俺からご報告が」

「報告？」

「つい先ほど、四年の教室で耳にしました。――学院内に『幽霊』が現れると、生徒たちの噂になっています」

学院にはありがちに思える噂話だ。子供は怖い話が大好きで、クラウディアの兄や姉などは、頭まで毛布を被《かぶ》りながらもその手の本を読んでいる。

「取るに足らない噂かもしれませんが、万が一ということもあります」

「話してみて。それはどのような幽霊なの？」

「この学院に、誰も見たことのない生徒がいると」

クラウディアはそれを聞きながら、静かに考えた。

「最初に噂が立ったのは、見知らぬ男子生徒についてだったそうです。低学年の少年という目撃情報だったようですが、それはすぐさま『見知らぬ女子生徒』の噂に変わりました」

この学院には大勢が通うが、自由に出入りできない全寮制だ。

たとえ学年が違っても、生徒たちは互いのことをよく知っていて、クラウディアのような転入生にすぐさま反応してみせた。

そんな中、新入生や転入生が来る時期でもないのに、誰も知らない生徒がいるということは考えにくいのだろう。

「噂が変化を重ねる度に、幽霊の特徴は具体的になっているようです。いまではその幽霊は、八年生……十八歳ほどの女子生徒であり、紫の髪であると」

黒曜石の色をしたノアの瞳が、魔法で薄金色に偽装したクラウディアの瞳を見下ろした。

「五百年前の魔女、アーデルハイトさまと同様の特徴です」

「…………」

アーデルハイトは紫の髪に、少しだけ青の混じった髪色をしていた。

命を落としたときの年齢は、まさしく八年生と同じ十八歳だ。

学院の創始者であるアーデルハイトのそういった情報を、生徒たちは把握しているということなのだろう。

「っ、ふふ！」

「……姫殿下」

「とっても面白い。魂の生まれ変わりがあるのだから、その欠片《かけら》のようなものが何処かに残ってしまって、幽霊になっても不思議ではないわね」

軽い気持ちでそう言えば、ノアは真剣な声で言う。

「ほんの一部、たったの一欠片であろうとも、俺がお傍にいることの叶《かな》わない姫殿下がいらっしゃるのは耐えられません」

「……ノア」

真っ直ぐで熱烈なその言葉に、クラウディアは微笑んだ。

「すべての私は、可愛いお前の主君である私だから大丈夫よ。それに、学院の創始者アーデルハイトと同じ特徴を持つ女の子は、この学院に他にもいるわね」

ノアは頷き、クラウディアが思っている通りのことを口にする。

「八学年に所属する十八歳であり、紫の髪を持つ女子生徒、フィオリーナ……」

「けれど、『見知らぬ生徒』という点が違っているわ」

フィオリーナは学院内でも、数多くの注目を浴びている女子生徒だ。フィオリーナの姿を知らない生徒がいることは、とてもではないが考えにくい。

「他に可能性が、あるとしたら……」

「……」

クラウディアが呟いたその言葉に、ノアも目を伏せる。

従僕であり愛弟子《まなでし》でもあるノアは、クラウディアの考えを読んでいるのかもしれない。けれどもクラウディアは口には出さず、にこりと笑った。

「――さて！　呪いの主だって重要だけれど、ノアの従兄弟も見付かるかしらね。三年生の教室がある階にも、早く遊びに行ってみたいわ」

「そのときは必ず俺をお呼び下さい。昨晩の妙な気配が、本当にジークハルトのものだという可能性もあります」

昨日の夜、ノアが寮を出て行動していた際に、屋上から誰かの視線を感じた話は聞いている。

明確な根拠はないものの、直感的に従兄弟ではないかと感じたのだそうだ。

「それに加えて気掛かりなのは、姫殿下の授業中における安全です。繰り返しになりますが、不届き者が現れたりはしていませんか？」

「大丈夫よ。一年生はみんな可愛らしくて、ひどいことを言われたりはしていないわ」

「……それならいいのですが」

「そろそろ食堂も空いてきたかしら？　お昼ご飯に並びましょ。午後からはいよいよ魔法の授業だから、お腹《なか》いっぱい食べておかないとね」

会話を途中で切り上げて、クラウディアはノアの手を引いた。噴水のふちから下りると、ふたりで食堂に向かって歩き出す。

（ノアに嘘はついていないわ。一年生は水晶を砕いた私のことを怖がって、みんな話し掛けてこないから）

心の中でそっと考えつつ、表には出さない。

（そして――『彼』はどうやら三年生。可愛らしい一年生からは外れているものね）

＊＊＊

「なあに？　午前中にわざわざ警告してあげたのに、ちゃんと退学しなかったのか。『化け物』」

「…………」

午後の授業が始まる前、魔法授業の教室に移動する途中で、クラウディアはにこにこしながら立ち止まっていた。

クラウディアの目の前に立っているのは、冷ややかなまなざしをした少年だ。

つんとした双眸に、柔らかそうな銀色の髪を持っている。肌は美しい褐色で、瞳の色は炎のようなガーネット色だった。

彼は一限目の授業が終わった直後、他の一年生たちが遠巻きにしているクラウディアのもとにやってきて、しげしげと眺めながら言い放ったのである。

『君が鑑定用の水晶を砕いたっていう、加減知らずの「化け物」なの？』

その瞬間、教室はしいんと静まり返った。クラウディアはまったく気にしていなかったのだが、周りのクラスメイトたちが硬直し、重苦しい沈黙を生み出したのだ。

『こんにちは。私はクラウディア！「ばけもの」じゃないよ、一年生なの』

『はあ？　どこが。自分の魔力を流し込んだ結果、鑑定用の水晶を砕くなんて聞いたことがない。

君は化け物か、そうじゃなければ偽装して水晶を割った嘘つきだ』

『あ！　おにーさん黄色のリボン。三年生さんだあ』

『っ、人の話を聞け！』

この学院では制服の首元を、ネクタイとリボンから選ぶことが出来る。男子生徒はネクタイが多いようだが、この少年はリボンを几帳面《きちようめん》に結んでいた。

『学院内の秩序を乱すな。君やラウレッタのような存在は、他の生徒たちに恐怖心を与える』

忌々しそうな侮蔑の表情を向けられて、クラウディアはにこっと微笑んだ。

『ラウレッタ先輩、可愛いよ？　それに魔法もすっごいの！』

『どれほど魔力が多くても、制御出来ないなら魔法を扱えているとは言わない。退学しろ、さっさと去ってくれ、迷惑だ』

少年は淀《よど》みなく言い放ったあと、クラウディアの瞳を覗《のぞ》き込んで続けたのである。

『僕はみんなの意見を代弁している。分かったら、父君に署名してもらうための退学届を取りに行くんだな。それじゃあね』

そんな出来事があったのを、昼休みのクラウディアはノアに話さなかった。

(彼のことをノアに話したら、大変な騒ぎになってしまうものねえ)

「おい、聞いているのか？」

しみじみするクラウディアに苛立ったようで、少年は顔を顰める。少し離れた場所からは他の男子たちが、怯《おび》えた表情でこちらを見ていた。

「なあセドリック、そろそろやめておけよ。その一年に絡んで、何かあったら……」

「おにーさん、セドリック先輩っていうんだねえ」

「だから、人の話を聞けと言っている。化け物に先輩呼ばわりされる義理はない」

セドリックはむすっとした口ぶりで、クラウディアに人差し指を突き付ける。

「君はまさか、これから初級クラスの授業に出るつもりか？」

「んん、出るよ？　みんなと一緒に魔法のお勉強するの、楽しみ！」

「有り得ない……」

ぐっとクラウディアを睨み付けた彼は、舌打ちをしてからローブの襟を直した。

「分かった。待っていなよ」

「セドリック先輩？」

「先生方に申請する。この学院では、各魔法クラスの成績優秀者は、生徒の立場であっても下位のクラスの授業を補助していいということになっているからな」

そのことはもちろん知っていた。けれどもクラウディアは驚いたふりをし、目をまん丸にしながら尋ねる。

「それってもしかして、セドリック先輩が先生になってくれるの？」

「ふん。言っておくが僕のクラスは……」

「中級？」

「上級クラスだ！　特別クラス、上級クラス準上級クラス、中級クラスに初級クラスと並ぶうちの上から二番目!!」

セドリックの後ろにいた男子生徒たちが、ここぞとばかりに口を揃《そろ》えた。

「そうだぞ一年生。セドリックはもしかしたら来年、特別クラスに入るかもしれないほどの実力者なんだ！」

「特別クラスはたった七人。その中のひとりに選ばれるなんて、とんでもないことなんだよ？」

「それに、特別クラスのルーカス先輩ともよく話してるしな！」

「み、みんな。この子はこれでも王女さまなんだから、もう少し接し方を考えないと……」

「王族の血ならセドリックだって引いてるそうだぜ。この学院では珍しくないし、『特別扱いしない』が原則だろ？」

王族という言葉に反応して、セドリックが後ろを振り返る。

「君たち、ちょっとうるさいよ」

「ご、ごめんセドリック」

燃えるようなガーネット色の瞳が、クラウディアを嫌そうに見下ろした。

「君もラウレッタも同類だ。実力に見合わない場所に身を置いて、どんな結果を齎《もたら》すかの自覚もない」

「……ラウレッタ先輩にも、おんなじことを言ってるの？」

「もちろんさ、君も思い知るといい。魔力の制御が出来ない人間には、どのような道が相応《ふさわ》しいのかを」

「セドリック先輩。あのね、クラウディアね」

クラウディアはにこっと微笑んで、セドリックに告げる。

「セドリック先輩と、『勝負』がしたい！」

＊＊＊

普段あまり使われないこの校舎の上階からは、初級クラスの使う中庭がよく見える。

廊下に佇《たたず》むフィオリーナは、硝子《ガラス》の窓に手を触れながら、小さく歌を口ずさんでいた。

「──────……」

普段であればフィオリーナの周りには、彼女を慕う生徒たちが集まっている。

いまのフィオリーナがひとりなのは、魔法授業の時間だからだ。友人たちは今頃みんな、それぞれが所属するクラスで授業を受けているのだろう。

魔法の授業に出ていない生徒は、フィオリーナだけではない。

「……ラウレッタは今日も、いないのですね」

歌うのをやめたフィオリーナは、ぽつりと独り言を呟いた。

それは無理もない。フィオリーナの唯一の妹は、他人の前で魔法を使うことを恐れているのだ。

ラウレッタが授業に出ないことを、教師たちもどこかで黙認していた。下手に暴走を起こされるよりは、見て見ぬふりをしていたいのが本音なのだ。

初級クラスの授業風景に、フィオリーナは目を伏せた。

「『ラウレッタとあまり関わらないように』と、そう言い付けられてさえいなければ……」

寮の方に視線をやった、そのときだ。

「フィオリーナ」

「！」

彼のやさしい声を聞いて、フィオリーナの心臓がとくんと跳ねる。

「ルーカス……！」

「お前が堂々と授業をサボるなんて、珍しいな」

こちらに歩いてきた友人は、フィオリーナにとって掛け替えのない存在だった。

ルーカスと言葉を交わすだけで、心の中に花が咲く。

ルーカスのことを思い出しているとき、フィオリーナのくちびるから溢《あふ》れるのは、恋慕や愛を表した歌ばかりだ。

「もう、ルーカスったら」

ほんのささやかな照れ隠しで、フィオリーナは拗《す》ねたふりをする。

「意地悪を言わないで下さい。それにルーカスだって、授業に出てなくてはいけないはずでしょう？」

「お前がいなかったんだから仕方ない。……迎えに来たよ、行こう」

「……」

そんな風に甘やかされて、フィオリーナはくすぐったい気持ちになる。

ルーカスは窓の外に視線を向けると、フィオリーナが何を見ていたのか察したようだ。

「お前の妹は、今日も授業に出ていないのか」

「……はい。それと、他にも」

フィオリーナはもうひとり、昨日出会ったばかりの少女を探す。

「クラウディアちゃんもいないので、気になってしまいました」

さらさらしたミルクティー色の髪に、ぱっちりした双眸を持つクラウディアは、人形のように美しい少女だった。傍らについている従者の少年が、頑《かたく》なに守ろうとするのも当然だ。

「クラウディアちゃんは、とっても可愛らしい一年生でしたね」

「ん？　そうだな。幼くて無邪気に見えるが気品があって、さすがは『本物の王女』だと感じた」

「…………」

ルーカスの何気ない一言に、フィオリーナはぴくりと肩を跳ねさせた。

「フィオリーナ？」

「……そうですね。ルーカスの言う通りです」

ルーカスには決して気付かれないように、きゅっと右手を握り込む。フィオリーナは柔らかな笑顔を作り、ルーカスを見上げた。

「私、クラウディアちゃんともっともっと仲良くなりたいと思います。どうでしょうか？」

「ああ、きっと喜ぶんじゃないか？　そういえば昨日のクラウディアも、お前に憧れたと話していた」

「まあ嬉しい！　それでしたら、私からも遠慮なくお誘いしちゃって良いですよね」

にこやかに美しく微笑んだまま、フィオリーナは口にする。

「——私の歌を、クラウディアちゃんにたくさん聞いていただきたいです」

そのとき、窓の外を見遣ったルーカスが、驚いたように口を開いた。

「フィオリーナ。あれを見ろ」

「……？」

中庭の方を見下ろすと、初級クラスの生徒たちが困惑している様子が見える。

十人ほどの生徒の中に、先ほどまでいなかった人物が増えていたからだ。ここからは髪色でしか判断出来ないが、それが誰であるかはすぐに分かった。

「クラウディアちゃん？　それに」

ミルクティー色の髪をした少女は、誰かを引っ張るように手を繋いでいる。

その相手の髪色は、フィオリーナとまったく同じ紫色だ。

「まさか、ラウレッタが魔法の授業に……？」

＊＊＊

ラーシュノイル魔法学院の二年生であるラウレッタは、小さなルームメイトによって連れ出された場所に立ち、ぷるぷると震えてしまっていた。

遠巻きにこちらを見ているのは、初級クラスのクラスメイトだ。『初級』に所属する生徒は少なくて、全部で二十人ほどしかいない。

少人数のクラスだが、まったく授業に参加していないラウレッタからしてみれば、ほとんど面識のない他人たちだった。

彼らは中庭に現れたラウレッタを見るなり、隅の方まで離れてしまう。けれどもそれは当然で、ラウレッタは過去に魔法の暴走を起こしているのだ。

『あう、う。う……』

こちらに突き刺さる視線が怖い。口をはくはくと開閉させて、声にならない言い訳をしようとした。

そんなラウレッタの手を引いたのは、昨日からルームメイトになった一年生のクラウディアだ。

「という訳でね、ラウレッタ先輩」

にこにこ笑ったクラウディアは、ラウレッタから見ても可愛らしい。それなのに彼女の微笑みには、言い知れない力があるのだった。

「クラウディア、セドリック先輩と勝負をするの。だからラウレッタ先輩は、クラウディアのこと近くで見てて！」

「────……」

それはたとえば、こんな風に懇願されてしまったら、絶対に断れない気持ちになるような力である。

「……っ」

数秒してからはっとしたラウレッタは、ぶんぶんと首を横に振った。向こう側に立っている三年生のセドリックは、怪訝《けげん》そうにこちらを見ている。

ラウレッタは俯いた。あそこにいるセドリックからは、ラウレッタが一年生のときに、こんな言葉を投げ掛けられていたからだ。

『君がラウレッタ？』

セドリックはラウレッタの前に立ちはだかると、冷たい声音で言い放った。

『魔力鑑定で妙な数値を叩《たた》き出したらしいね。強力だけれど波があって不安定、とても危うい結果だったとか？』

『うあ……』

『初級クラスになったそうだけれど、暴走事故を起こす前に考え直してくれないかな？　そういう気持ちが少しでもあるのなら、ね』

あのときのことを思い出し、ラウレッタは深く俯く。

『君の存在が初級クラスにある時点で、迷惑だ』

ラウレッタはそれからしばらくして、実際に魔力暴走の事故を起こしてしまった。

セドリックの姿を見掛ける度、たとえ声を掛けられなくとも、視線だけで責められているように感じる。そんなラウレッタに応援を頼むなんて、クラウディアは間違っていた。

『だめ。応援、だめ。やめた方がいい』

「どうして？　ラウレッタ先輩」

『私なんかが応援したら、クラウディアまでみんなに、怖がられる』

くちびるの動きだけでそう言うと、クラウディアはきょとんと不思議そうにする。

「でもクラウディア、ラウレッタ先輩に応援してほしい」

『っ、でも……！』

ラウレッタと手を繋いだクラウディアが、その手をぎゅっと握り直す。

「だってラウレッタ先輩は、すごいんだもの！」

「〜〜〜っ！」

真っ直ぐな目でそう言われると、どうやっても抗《あらが》えなくなった。

それは昨晩、誰もが怖がるラウレッタの魔法を見詰め、きらきらと瞳を輝かせてくれたときと同じものだ。

（う……）

「ラウレッタ先輩に見ててほしいの。ね？」

その笑顔があまりに眩《まぶ》しくて、ラウレッタは息を呑《の》んだ。

（もしかして。……クラウディア、セドリック先輩が私に言ったこと、知っている？）

考えてみれば、あのときラウレッタに『忠告』をしてきたセドリックが、クラウディアに同じようなひどいことを言っていないはずがない。

（私に見ててほしい、理由。……クラウディアが勝負をするのは、自分のためじゃない）

いきなり寮の部屋から引っ張り出されたことについても、そう考えれば説明がつく。

(私のために、セドリック先輩と勝負……?)

戸惑いながらもクラウディアを見据えれば、彼女はそのまま見詰め返してくれる。

(う……)

ラウレッタはとうとう根負けし、おずおずと頷いた。

「ありがとう、ラウレッタ先輩!」

「……」

クラウディアが嬉しそうにぴょんと跳ねれば、ローブの裾も同じように跳ねた。そんな無邪気な様子を見て、他の生徒がひそひそと何か話している。

それはいつものことなのだが、何度経験しても居心地が悪い。

(怖がられて当たり前。当然。……それなのに、クラウディアはどうして)

同じく『制御不可』と鑑定されたはずのクラウディアは、同じ視線を浴びていても気にしていないようだ。

「セドリック先輩、よろしくお願いします!」

「ふん。誰に応援させたところで、君が僕に勝てるはずもないのだけれど?」

「そんなことないもん。ラウレッタ先輩が頑張れーって思ってくれてるだけで、元気いっぱいになるんだから!」

ぎゅっと握った拳を上げ、クラウディアは主張した。ラウレッタが聞いていても、その理屈には無理がある。

「くだらないな。……だが、本気でそんなことを言っているのだとしたら」

セドリックは両腕を組みながら、皮肉っぽい笑みをくちびるに浮かべた。

「声援だけでなく、必要とあらばラウレッタと協力して挑んでもらっても構わないよ？」

「!?」

クラウディアが何か答える前に、ラウレッタはぶんぶんと首を横に振った。セドリックはそれを見て、さらに冷笑を深める。

「ラウレッタが手を貸すはずもないか。なにしろ初級クラスの授業にすら、これまで一度も顔を出していないほどなんだから」

「……っ」

「セドリック先輩！　そんな意地悪よりも、勝負の内容はクラウディアが決めてもいい？」

クラウディアは挙手をして、セドリックに提案した。

「セドリック先輩は、炎の魔法が得意なのよね？　炎を上手に操れる？」

「当然だろ？　僕を誰だと思っているんだ」

「なら、勝負はクラウディアの魔法と追いかけっこにしよ！　セドリック先輩の炎が逃げたりするのを、クラウディアが魔法で消したらクラウディアの勝ち！　三分間ずっと消えずに逃げたら先輩の勝ち。どうかなあ」

セドリックがやれやれと肩を竦《すく》める。

「本当は時間制限があるものでなく、一瞬で勝負をつけられる方が良いんだが。仕方ないな」

「わあい、やったあ！」

「それと念のため。負傷者が出たり、僅かでもその可能性があったりするような事態が起きれば、即時中断の上に僕の勝ちとする。こう決めておかないと、制御不可能な魔力で何をされるか分からないからね」

棘《とげ》のあるそんな言い方に、聞いているだけのラウレッタはむっとする。しかし、過去に暴走した前歴のあるラウレッタには、ここで何か発言する資格もない。

「始めようか。――先生」

初級クラスを担当する男性教師は、穏やかだが少々頼りない。セドリックの態度に気圧《けお》されて、少しおどおどしながら口を開く。

「で、ではこれより、上級クラス所属セドリック・フィル・ハーツホーンの協力による授業を開始する」

「『深淵《しんえん》より湧き上がれ。我が忠実なる炎、灼熱《しゃくねつ》の業火よ』！」

セドリックが詠唱すると、辺りに突風が吹き荒れる。上空に現れた炎の塊は、鳥のような姿を取った。

炎の両翼を広げ、長い尾を翻して、まるで咆哮《ほうこう》を上げるようにうねる。離れた場所にいても伝わってくる熱に、ラウレッタは思わず身を竦めた。

他の生徒たちもどよめいて、お互いに身を寄せ合っている。セドリックの生み出した炎の鳥に、みんなが畏怖のまなざしを向けた。

炎の鳥は中庭の上空を、縦横無尽に飛び回り始める。

「ははは っ、見たかい!?」

「きゃあ!!」

ごおっと風を切る音に怯え、生徒たちが頭を押さえて身を屈《かが》める。頭上を滑空する凄《すさ》まじい炎は、どう見たって逃げる側ではなく追う側だ。

「ほらほらどうした? 勝負なんだろう。捕まえてごらんよ!」

(あ……)

ラウレッタの心臓が、どくりと音を立てる。

(……っ、怖い……!!)

攻撃魔法を久し振りに間近で感じて、反射的にそんな恐怖を抱いた。

かつての自分が暴走したことによって、周囲が悲鳴の渦に呑み込まれたことを思い出す。無意識に自分の体を抱き締めながらも、ラウレッタはクラウディアの背中を見遣った。

炎の鳥を見上げる後ろ姿は、とても小さくて頼りない。

(クラウディアも、怖がってる?)

魔法が恐ろしいのは当たり前だ。

きっと幼いクラウディアは、あの魔法が怖くて怯えているのだろう。昨日の夜、ラウレッタの魔法を熱心に見詰めてくれた女の子が、助けを求めている。

（私の、お気に入りの、魔法。……クラウディアは、怖がらず、すごいって言ってくれた）

本当は部屋から追い出したくて、意地悪な気持ちで使った魔法だ。

魔力を暴走させたラウレッタが、自室であんな風に魔法を使っているのだと知ったら、普通の生徒なら逃げ出すはずだと思っていた。

ひとりの部屋がよかった理由のひとつは、ラウレッタに怯える誰かとふたりで生活する自信がなかったからだ。

けれども昨晩、ラウレッタの魔法を喜んでくれたクラウディアと一緒に眠るのは、暖かな海で微睡《まどろ》むかのように心地よかった。

（クラウディアを助け、なきゃ。でも）

どうしても体が動かない。

震えるくちびるを開こうとしても、声を出せなかった。

「う……」

その不甲斐《ふがい》なさに泣きそうになって、顔を顰める。こうしている間にも時間は過ぎ、炎の鳥はクラウディアを挑発するように飛び回った。

「ほらどうしたの、一年生！　あと一分で制限時間、僕の勝ちだ!!」

（助けなきゃ。――助けなきゃ、でもどうやって？　私、何も出来ない、何も……）

ぎゅっとくちびるを結んだラウレッタの脳裏に、先ほどのクラウディアの言葉がよぎる。

『ラウレッタ先輩が頑張れーって思ってくれてるだけで、元気いっぱいになるんだから！』

（……！）

ラウレッタは弾《はじ》かれたように顔を上げると、勇気を持ってくちびるを開く。

「……っ」

その瞬間に炎の鳥が眼前を掠《かす》め、反射的にしゃがみ込んで頭を守った。

「あと四十秒！」

恐怖と焦りで混乱し、告げるべきことが分からなくなる。

「三十秒！」

瞼《まぶた》を僅かに開いた視界の中で、クラウディアの後ろ姿がぼやけて見えた。

「二十五秒。二十四、二十三……」

「……っ!!」

クラウディアは何かを待っている。

だからラウレッタはくちびるを開き、息を吸って、ひとつだけ言葉を絞り出した。

「――――『クラウディア』!!」

「！」

声に出したのは、クラウディアの名前だ。

望まれた『頑張れ』の言葉でもなければ、彼女を元気付ける言葉でもない。助けることが出来ない叫びなんて、なんの意味も持たなかった。

（だめ。こんなのじゃ……!!）

言葉を継がなくてはと思うのに、大声を出したことへの緊張と怖さで震える。

けれども次の瞬間、こちらを振り返ったクラウディアを見て、ラウレッタは思わず目をみはった。

「……ラウレッタ先輩」

クラウディアが表情に宿すのは、恐怖などの感情ではない。

「ありがとう。とってもうれしい！」

「……！」

ラウレッタの魔法を見詰めるときのような、きらきらとした笑顔だった。

「んんと……」

クラウディアはすうっと息を吸い込むと、拙い呪文を口にし始める。

「『来たれ、来たれ、お魚さん。強くて格好良い、お魚さん』」

「ははは っ。なんだその、子供っぽい詠唱は！」

セドリックが嘲笑しても、クラウディアは気にする様子がない。

「『可愛いお目々、大きなお口。素早く泳げる、立派な尻尾』！」

「残り十秒！　九、八、七――……」

数字を刻んでいたセドリックの声が、ぴたりと止まる。

セドリック以外の生徒たち、教師やもちろんラウレッタも、ぽかんとして頭上を見上げていた。

（嘘……）

恐らくラウレッタでなくたって、誰も言葉を発することなど出来なかっただろう。

中庭の上空には、大量の水で象《かたど》られた、大きな魚が浮かび上がっていたからだ。

クラウディアはにこっと笑うと、セドリックを守るようにして翼を広げた炎の鳥を指差しながら、詠唱の最後の部分を唱える。


「――『食べちゃえ』」

「!!」


魚の口に取り込まれた炎の鳥が、じゅわあっと音を立てて消滅する。

蒸発するときのその音は、まるで断末魔の叫びだった。水で作られたその魚は、蜃気楼《しんきろう》のようにゆらりと消える。

「な……っ」

わなわなと震えるセドリックを前に、クラウディアはこちらを振り返ると、両手を上げてぴょんと跳ねた。

「ラウレッタ先輩に応援してもらえた、クラウディア選手の勝ちー！」

「…………」

たっぷり数秒以上の沈黙を置いたあと、ようやく状況を呑み込んだこの場の面々は、途端にざわめき始めたのだった。

＊＊＊

（――さて）

初級クラスの生徒たちが動揺する中、愕然としているセドリックを見上げながらも、クラウディアは冷静に考えた。

（セドリック先輩と『分かり合えた』ようだわ。これで万が一の場面をノアに目撃されて、ノアが怒ってしまうこともなくなるわね）

セドリックはクラウディアのことを見詰め、信じられないという表情をしている。

これならきっと、クラウディアが初級クラスで魔法を学びたいという気持ちについても理解してくれたことだろう。

「セドリック先輩、ありがとーございました！」

「……っ、あ……」

元気よくお礼を言ったあと、クラウディアは後ろを振り返る。

（ラウレッタ先輩にも、少しだけ変化が生まれたようだわ）

ラウレッタはぺたんと地面に座り込み、頬を紅潮させながら、自らの口元を両手で覆っていた。

（あんなに大きな声を出せたことに、自分でびっくりしているのね）

これは大きな前進だ。

昨日からの様子を見ていれば、ラウレッタが自分自身やその魔法を恐れていることや、『声』を出すことについての戸惑いがあることは明白だった。

（それもそのはずだわ）

クラウディアは、自らの手のひらを見下ろした。

（――ラウレッタ先輩の『声』は、強い魔力を帯びているもの）

いつもより温かな指先を動かして、その感覚を確かめる。

（『クラウディア』と、私の名前を呼んだだけ。それが呪文の詠唱と見なされて、私を応援……強化する魔法が発動した）

本当ならば、先ほどの魚を象った水魔法は、もっと小規模なものを発動させる予定だったのだ。

（想定の十倍は大きいお魚さんで、とても迫力が出てしまったわね。そんなつもりはなかったけれど、セドリック先輩を怖がらせてしまったかもしれないわ）

ちらりとセドリックの方を見遣ると、彼の耳が一気に赤くなる。

「っ、く……!!　なんだ、こっちを見るなよ!!」

（足が震えて動けないようだから、しばらくそっとしておいてあげましょう）

その代わりに、クラウディアはラウレッタの方に歩いていく。

「ラウレッタ先輩！」

「……っ」

座り込んだラウレッタの手を掴み、引っ張って立たせながら元気に言った。

「先輩、クラウディアに強化魔法を掛けてくれてありがとう！」

『え……？』

本人に自覚がないらしいことも、先ほどの様子から察していた。だからこそクラウディアは大きな声で、教師やクラスメイトたちにも聞かせるのだ。

「先輩がクラウディアに魔法を掛けてくれたから、大きなお魚さんが作れたんだよ！　すっごく素敵な強化魔法なの。ほら、クラウディアのお手々もぽかぽかしてる！」

『強化、魔法？』

ラウレッタの手をぎゅっと包んだまま、クラウディアは彼女の瞳を見て笑った。

「ラウレッタ先輩は、傍にいる誰かを強くすることが出来る、そんな魔法だって使えるんだね」

「――――！」

そう告げるとラウレッタは、未知の世界を見付けたかのように目を見開いた。

（発する言葉が詠唱の形を成していなくとも、ラウレッタ先輩が想いを込めれば、それだけで強力な魔法になる。……魔力暴走の事故というのも、その所為《せい》で起きてしまったのかもしれないわね）

クラウディアは、心の中で考える。

（あるいは、船を無自覚に連れ去ることだって……）

「……っ」

ラウレッタはクラウディアから手を離すと、恥ずかしそうに視線を落とした。

先ほどまでと同じように俯いているが、その雰囲気は少し異なっている。ラウレッタは、強化魔法を発動させた自らのくちびるに触れると、どきどきした様子で瞬《まばた》きを繰り返した。

(調査を次に進めなくては。……けれど)

ふわりと足元が揺らぐ感覚に、クラウディアはラウレッタから一歩後ろへと離れた。

(……魔力の消耗が、想定より激しい……)

ラウレッタの強化によって、意図していたよりも多くの力を消費してしまった。急激な眠気に襲われて、クラウディアはごしごしと目を擦る。

(このままここで倒れてしまっては、ラウレッタ先輩を巻き込むわ。……安全な場所……移動、しないと)

「……?」

クラウディアの様子に気が付いたのか、ラウレッタが訝《いぶか》しむ気配がした。

(転ぶなら、せめてひとり……)

ふわふわとした感覚はどんどん広がり、波に揺られているような心地になる。

くちびるを開いたクラウディアは、ここにはいない従僕の名前を呼んでいた。

「……のあ……」

ぐらりと世界が斜めに傾いた、その瞬間だ。

「……！」

クラウディアのその体は、よく知る誰かに受け止められた。

「――姫さま」

抱き締めながら零された声に、クラウディアはとろりと瞬きをする。

ぼんやりとしながら目を開けると、黒曜石の色をしたノアの瞳が、クラウディアを真っ直ぐに見詰めていた。

心配そうなノアの表情を見て、クラウディアはくちびるを綻ばせる。

「呼んだらちゃんと、傍に来てくれるのね」

「俺はあなたの従僕なのですから、当然です」

手を伸ばし、いい子いい子と頭を撫でる。ノアは何も抵抗しないまま、クラウディアを横に抱き上げた。

「先生。姫殿下が体調を崩されたようですので、今日の授業はこれにて失礼いたします」

「え？　あ、ああ……」

ノアは続いてセドリックを見遣ると、冷ややかな声で言い放つ。

「……あなたさまにも、改めてご挨拶を」

「ひ……っ？」

そんなに怖い声で告げては、セドリックが怖がって可哀想《かわいそう》だ。そう思うけれども眠たくて、まったく話せそうになかった。

「んん……」

クラウディアを守ることに徹するノアの腕の中は、抱っこされていると安心する。安眠効果がありすぎて、少々困ってしまうほどだ。

「ノア。お前も今日はここまでか？」

「はい、ルーカス先輩。医務室で姫殿下のお世話をしますので」

「分かった、なら授業は気にするな。特別クラスに戻ったら、僕たちから先生に伝えておく」

「クラウディアちゃん、心配です……。何かあったら頼って下さいね、ノア君」

クラウディアがうとうとしている間に、ノアが誰かと話している。ノアはその人物の方を見て、はっきりと返事をしたようだ。

「ありがとうございます。フィオリーナ先輩」

クラウディアは、久し振りにノアに抱き上げられたまま、緩やかな眠りに落ちていった。

第3章

「お待たせいたしました。簡単なもので申し訳ございませんが、こちらをお召し上がりくださ い」

「まあ、ノアの特製サンドイッチだわ」

夜の遅い時間、他に誰も居なくなった食堂で、クラウディアはぱちぱちと拍手をした。

テーブルのお皿に並ぶのは、三角に切られた小さなサンドイッチだ。ノアを正面に座らせたクラウディアは、早速そのひとつを手に取って食べた。

チーズとチキンの挟まったサンドイッチには、甘くてしょっぱいソースが塗ってある。

クラウディアの好きな味付けが施されたサンドイッチは、ただパンに具材が挟んであるだけではなく、美味《おい》しくするための工夫が凝らされているらしい。

「食堂のメニューも美味しいけれど、ノアのご飯が一番だわ。ありがとう、ノア」

「……滅相もございません。本来なら、もっとしっかりしたお食事をご用意したかったところですが」

「こんなに夜遅く、生徒に厨房《ちゆうぼう》を使わせてもらえただけでも有り難いわね。ノアも食べて？　あーん」

「っ、姫殿下」

「我慢しないの。育ち盛りでお腹《なか》を空《す》かせているのだから、きちんと食べなきゃ」

ノアは少し慌てた声音で、クラウディアから目を逸《そ》らしつつ言った。

「そのようなことよりも、先ほどの件ですが」

（まあ。無理やり話を逸らしたわね）

クラウディアは食事を再開しつつ、ノアの話に耳を傾ける。

「本来であれば魔法とは、頭の中で魔法式を構築させ、そこに魔力という燃料を注ぎ込むものです。その仕上げとして、言葉による詠唱で魔法を発動させる。呪文とは、発動させたい魔法に関連するもので構成されるのですよね？」

「そうよ。だからこそ一流の魔術師になるほど、短い詠唱……最低限のトリガーで発動させることが可能になるの。けれど無詠唱という例外を除いて、基本的にはどれだけ優れた魔術師であっても、詠唱の内容と魔法の内容は一致するわ」

「しかしラウレッタは、姫殿下の名前だけで強化魔法を発動させた……」

クラウディアが大量に魔力を消費した経緯について、ノアには先ほど説明していた。

「姫殿下がお休みになっているあいだ、ラウレッタに探りを入れに行きました。話を聞き出すのに苦労しましたが、なんとか拾えた内容からすると、これまで自身の特性には無自覚だったようです」

「そんな気がしていたわ。フィオリーナ先輩が知っていたのか、そちらも確かめておきたいけれど……」

「フィオリーナの方は、妹の魔法について勘付いていた素振《そぶ》りでした」

「さすがはノアね。私が知りたい情報を事前に把握して、ちゃんと動いていてくれるだなんて」

医務室の寝台に寝かされたクラウディアは、ぐっすり眠ってしまったようだ。ノアはそのあいだ、万全の処置をした上で、呪いの調査に集中してくれていたらしい。

「俺の自己満足でお傍《そば》にいるよりも、姫殿下のお役に立てることを優先すべきですから」

ノアははっきりと言い切った。その誠実な想《おも》いを聞くだけで、心の底から頼もしい。

「ありがとう。けれど、自己満足なんかじゃないわ。ノアが傍に居てくれると嬉《うれ》しいのは事実なのだから、何も用事がないときは一緒に居てね」

そう言って微笑《ほほえ》むと、ノアは真《ま》っ直《す》ぐにこちらを見て言った。

「……たとえそのようなご命令がなくとも、当然です」

「ふふ」

クラウディアは美味しいサンドイッチを丁寧に味わいつつも、ノアに尋ねた。

「ノアが私を抱っこしに来てくれたとき、フィオリーナ先輩たちも一緒に来たのはどうして？」

「一緒に、という訳ではありません。フィオリーナはあの時点で、特別クラスの授業に参加していませんでしたから」

クラウディアが首を傾《かし》げると、ノアは更に教えてくれる。

「特別クラスの授業開始時、フィオリーナは講堂におらず、ルーカス先輩が探しに行ったのです。俺が初級クラスの中庭に向かったのは姫殿下の『魚』が見えたからでしたが、途中であのふたりに会ってはいません」

「ノアの方が先に着いたの？」

「いいえ。俺が到着したときには、すでにふたりの姿がありました」

初級クラスが授業をする中庭は、八年生の教室がある校舎からも遠い。クラウディアは目を伏せて、少し考える。

「きっと何処《どこ》かで見ていたのだわ。初級クラスが授業をする光景を」

「……妹が授業に出てきたため、という訳ではなさそうですね」

「ラウレッタ先輩が授業に出ることを、事前に知ることは出来なかったはずだもの。私がラウレッタ先輩を連れ出す前から、中庭を見ていた可能性が高いわ」

「であれば」

ノアは眉根を寄せ、小さな声で呟《つぶや》く。

「目的は、姫殿下であると考えられますが」

「…………」

ノアが声を低くしたのは、発言の内容だけが理由ではない。

誰かの足音が少しずつ、食堂に近付いてきていたからだ。

「――なんだ。元気そうじゃないか」

「あ！」

クラウディアは幼い子供の表情を作り、食堂の入り口を指差した。

「セドリック先輩だ！」

「……ふん」

セドリックは何処かばつが悪そうな表情をしながらも、こちらに向かって歩いてくる。

ノアは静かに立ち上がると、静かな声でセドリックに問い掛けた。

「姫殿下に何か、ご用件が？」

「……っ」

セドリックは僅かにたじろいだ後、ノアを見据える。

「黒髪に黒い瞳。君が特別クラスに編成されたという、ノアという名の従僕か」

「どうぞご用向きをお話し下さい。私がお預かりした上で、姫殿下にお伝えいたしますので」

セドリックが離れた場所に立っているのは、ノアが牽制《けんせい》しているからだ。

ノアは正しい姿勢でセドリックに向き直り、礼を欠く態度は取っていない。にもかかわらずノアが纏《まと》っている雰囲気は、セドリックを威圧するのには十分だった。

（セドリック先輩は、三年生。ノアより一歳年下の、十二歳から十三歳にあたる学年だわ）

クラウディアが思い浮かべるのは、この学院でのもうひとりの探し人だった。

（先輩のお友達いわく、何処かの王族の血を引いているのよね。それにセドリック先輩は、魔法の才能もしっかり持ち合わせている）

セドリックは魔法の授業において、上級クラスに所属しているらしい。

最上位のクラスである特別クラスは、最年少が四年生のノアなのだそうだ。つまり三年生で一番の実力者は、上級クラスに所属している生徒ということになる。

（セドリック先輩とノアの顔立ちは、似ている訳ではないけれど……。セドリック先輩が、名前を偽っている可能性もあることを踏まえると……？）

セドリックは、ノアへの警戒心をまったく隠さないまま口を開く。

「――ノア、というのは本当の名前か？」

「……」

これはまた、随分と妙な質問が出てきたものだった。

（ノアの素性を疑っているわ。……さあ、一体どんな理由があってのことかしら？）

「この『ノア』という名前以外に、本当と呼べる名前などありません」

ノアの言葉には迷いがない。その揺るぎなさは、何かを疑ったらしきセドリックを引き下がらせるには、十分な力を持っていたようだ。

「……不躾《ぶしつけ》な質問ですまなかったよ。それと、本題だが……」

セドリックの赤い瞳がこちらを見たので、クラウディアはにこっと元気に笑い掛けた。

「見て見て、セドリック先輩！　このサンドイッチ、ノアが作ってくれたの！」

何か言いたげな様子を敢《あ》えて無視しつつ、無邪気なふりをして自慢する。

「クラウディア、お腹ぺこぺこだったもの。医務室でいっぱい寝て、元気になったから」

「……寝たら元気になったのかい？」

「うん！　クラウディア、昨日は転入初日だからどきどきしてあんまり眠れなかったの。だからセドリック先輩との勝負が終わったら、嬉しくて眠くなっちゃった」

そう言い終え、王女らしくない大きな口でサンドイッチを頬張った。セドリックは気まずそうな素振りを見せながら、改めて問い掛けてくる。

「つまりあのとき倒れたのは、ただ前日寝不足だったのが原因だってこと？」

「倒れたんじゃないよ、寝ちゃったの！」

「――――……」

クラウディアがきっぱり言い切ると、セドリックは何処か力の抜けた様子で息を吐き出した。

「っ、なんだよ……。僕はてっきり『勝負』の所為《せい》で魔力に影響が出て、体調不良を引き起こしたんじゃないかと……」

（そう外れてはいないわね。魔力の反応についてよく見極め、判断する力を持っているのだわ）

その上で恐らくは責任を感じ、クラウディアの様子を見に来たのだろう。

「……その。何か他に、必要なものがあるなら……」

気まずそうに続けるセドリックに対し、ノアが淡々と返事をする。

「姫殿下のご用命を承る役割は、私が担います。セドリックさまのお手を煩わせることはございません」

「っ、だが君ひとりでは大変だろう。彼女が眠っている間に身の回りの世話をした上、各所に伝達をしたり、礼を言って回ったりしていたそうじゃないか」

「その程度は当然の役割ですので。第一」

ノアは静かに目を眇《すが》めると、容赦のない声音で告げた。

「何らかの罪悪感をお持ちなのであれば、そのように遠回しな行動だけでなく、まずはお言葉で示されるのがよろしいかと」

「う……」

有無を言わせない雰囲気に、セドリックが言葉に詰まった様子を見せる。

気にせずサンドイッチを食べ進めていたクラウディアは、セドリックと目が合った瞬間ににっこりと笑った。セドリックはそれを見て、口を開く。

「……すまなかった」

そう言って、クラウディアに深く頭を下げた。

「僕はいまでも、君に告げた考えを変えた訳じゃない。……それでも、言い方を選ぶべきだったと思う」

「セドリック先輩……」

クラウディアは小さな人差し指を口元に当て、にこりと笑う。

「えへ」

そして、無邪気な声で言い放った。

「――謝っても、許してあげない！」

「!!」

ぱっと顔を上げたセドリックの前で、クラウディアはわざとそっぽを向く。

「だってセドリック先輩、意地悪なのはクラウディアにだけじゃないもん。ラウレッタ先輩にだって、そう言ってたもん」

「そ、それは……！」

「ラウレッタ先輩にごめんなさいしないと、クラウディアもいいよって言ってあげない」

クラウディアこそ意地悪で大人気ないのだが、ノアは当然だという顔をしている。セドリックは明らかに狼狽《うろた》えて、どうしたらいいか分からない様子だ。

「ラウレッタに……？　だが、それは」

「セドリック先輩は、クラウディアやラウレッタ先輩が嫌い？」

「っ、そういう問題じゃない……！　君は、ラウレッタが起こした魔力暴走の状況を知らないから!!」

セドリックから聞き出したいことを察しているノアが、クラウディアの代わりに彼へと尋ねる。

「セドリックさま。ラウレッタさまは一体、どのようなことを……？」

「……っ」

セドリックは小さく咳払《せきばら》いをすると、少し嫌そうに答えた。

「まだ知らないのなら仕方がない。話してあげるよ」

（……ノアに対して話すときは、私に対するときとは違う棘《とげ》があるわ）

内心で考えていることを表に出さないまま、クラウディアはセドリックを見上げた。

「一学年の入学式で、ラウレッタは学院にやってきた。だけど入学当初から、みんな彼女のことを警戒していたんだ。ラウレッタは幼い頃に一度、魔力暴走を起こしているという噂《うわさ》だったから」

「んん……？」

不思議に思い、ことんと首を傾げて尋ねる。

「そのときはみんな、ラウレッタ先輩と初めましてのはずなのに。どうしてそんなことが噂になっちゃったの？」

「それは勿論《もちろん》、知り得ていたからさ」

セドリックは溜《た》め息《いき》のあと、こんな風に口にした。

「彼女の姉であるフィオリーナ先輩が、妹の過去の魔力暴走について語っていたんだ」

「…………」

ノアが僅かに眉根を寄せた。セドリックはそんなノアを一瞥《いちべつ》したあと、表面上はノアのことなど気にしていない素振りで続ける。

「幼い頃に暴走事故を起こしかけたラウレッタのことを、フィオリーナ先輩は入学前から心配していた。『慣れない学院生活で、妹が不安定になってしまったら』と」

「……フィオリーナ先輩は、やさしいお姉さんだもんね！」

「先輩は、親しいご友人にだけその不安を打ち明けられたそうだ。しかし諸先輩方は、フィオリーナ先輩の憂いを払拭するべく、学院中に『新入生ラウレッタを刺激しないように』と伝えて回った」

そんなことをしてしまっては、逆効果だったに違いない。セドリックが次に話したことは、クラウディアの想像通りだった。

「入学してきたラウレッタが学院に馴染《なじ》む前から、魔力暴走の危険がある生徒だとみんなが知っていたんだ。だからラウレッタは学院内で、いつもひとりで過ごしていた」

「でも、フィオリーナ先輩はラウレッタ先輩と一緒に過ごさないの？　お姉さんと妹なのに」

「フィオリーナ先輩がラウレッタの傍にいれば、却《かえ》ってラウレッタが傷付くだろう？　あんなにも真逆の姉妹だ。比較する声も大きくなる」

セドリックは溜め息をつき、「フィオリーナ先輩が傍にいない方が、ラウレッタのためだ」と呟いた。

「けれど妹が孤立しているのを、フィオリーナ先輩も見ていられなかったんだろうね。ある夜、消灯時間が来る前に、フィオリーナ先輩がラウレッタの部屋を訪ねたらしい。――それからしばらくして、ラウレッタがとうとう魔力暴走を起こしたという話だ」

「それは一体、どんなことが起こったの？」

「……結界が」

そのときのことを思い出したのか、セドリックは顔を顰《しか》める。

「この学院と海を隔てる、アーデルハイトさまの結界が壊された」

「！」

クラウディアはぱちりと瞬《まばた》きをした。

「結界が？」

「夜に大量の海水が流れ込んできて、女子寮は大パニックになったらしい。女子生徒の悲鳴や泣き叫ぶ声が、離れている男子寮まで聞こえてきて……」

セドリックから詳細を聞かなくとも、混乱の様子は想像出来る。

この学院は海の中にあるものの、頑強な結界で守られているからこそ空気が保たれ、陸と同じように人間が生きられるのだ。

その結界が壊れて水が押し寄せれば、誰もが死を覚悟するだろう。

「結界の穴はすぐに塞がった。アーデルハイトさまがこんなときのために、自動修復の魔法を掛けていたんだ。怪我人《けがにん》は出なかったけれど、フィオリーナ先輩はラウレッタと話したことで刺激した所為だと自分を責めている。それ以来、フィオリーナ先輩は妹に近付かないし、ラウレッタも前より一層遠巻きにされているんだ」

「……」

「この話を聞いて分かっただろう？　危害を加えてくるかもしれない存在なんて、みんな怖いに決まっているんだ。『どんな人とでも仲良く』なんて、自分の安全が保証された上でのことだよ！」

セドリックは顔を顰め、両腕を大きく広げて説いた。

「適切な環境に身を置かない限り、君もラウレッタも危険な存在だ。初級クラスは、威力の弱い魔法しか扱えない生徒が所属すべきところであって、威力が高い魔法の制御が出来ない生徒が所属するクラスじゃない」

「……？」

　セドリックのそんな物言いに、クラウディアはふと気が付いた。

「そもそも規格外の力を持つ人間が、規格の中で人を教育する学院にいることが間違いだ。学院なんか即刻退学した上で、能力に見合った環境で学んだ方がいいに決まっている」

「……セドリック先輩」

「そうじゃなきゃ勿体《もったい》ないだろ、お互いに。せっかく力があるのに落ちこぼれ扱いされる生徒も、優れた同年代にびくびくしなきゃいけない他の生徒も……」

　セドリックは、更に忌々しそうに言葉を続ける。

「それにラウレッタは、魔法の問題はともかくとして、通常授業の成績はかなり優秀だ。まだ二年生にもかかわらず、八年生の問題も容易《たやす》く解くんだぞ？　それが評価される環境に行くべきだ、明らかに」

「ラウレッタ先輩すごい！　だけど、セドリック先輩」

　クラウディアはちょっとだけ驚きながら、ぱちぱちと瞬きをする。

「先輩は私たちをただ追い出したい訳じゃなくて、もっとピッタリな場所に行ってほしいと思ってくれているの？」

「当たり前だろ。君もラウレッタも学院内では危険分子だが、外で活《い》かせばいくらでも英雄になれる存在だ」

（まあ）

セドリックに悪意が無いことは、薄々感じ取ってはいた。けれども思いのほか分かりにくかったため、クラウディアはしみじみと考える。

（本人が謝罪してみせた通り、『言い方を選ばなかった』という点が罪深いのだわ）

ノアも呆《あき》れた顔をしていた。もっともそれが判明したところで、クラウディアは容赦するつもりはない。

「でもクラウディア、セドリック先輩はクラウディアを追い出したいんだって思って、傷付いた」

「う……っ」

にこっと無邪気に笑ったまま、さくさくと言葉を継いでゆく。

「ラウレッタ先輩もきっと怖かったよ？　セドリック先輩が心の中ではやさしいことを考えてたって、そんなの関係無いもん。嫌なこと言われたとき、お胸が痛くてずきずきしちゃうし、それ以外のことは分かんなくなっちゃう」

「それは……！」

「正しいことならどんな言い方をしても良いなんて、間違いじゃないかなあ。ね、ノア！」

クラウディアが同意を求めれば、ノアは静かに「仰《おつしや》る通りです」と目を伏せた。ノアに対して何かしら思うところがあるらしきセドリックは、それでますます顔を顰める。

クラウディアはセドリックを見上げると、再びにこりと微笑んだ。

「ごめんなさい、ちゃんとしてね。――私じゃなく、ラウレッタ先輩に！」

「……っ」

「じゃないとクラウディアも、セドリック先輩のことずっと怒ってる。『化け物』だから恨みがましいの。がお！」

手を広げて威嚇のポーズを取ると、セドリックが「うぐ……」と呟いた。自分がクラウディアを化け物呼ばわりしたことは、きっちり覚えているらしい。

（小さな子供の言ったことだし、本当は怒ってなどいないけれど。私が安易に流しては、ノアが大変なことになりそうだものね）

「………」

ノアはいまでもセドリックを見据えているが、そのまなざしは絶対零度の冷たさだ。セドリックもなんとなくそれが分かっているのか、ノアの方を絶対に見ないようにしている。

「……分かった。明日すぐに、ラウレッタに謝る……」

「でもラウレッタ先輩、セドリック先輩のことときっと怖い！」

「こ、怖がらせないように配慮する！　まずはそうだな、謝罪の手紙と……」

ぶつぶつと呟くセドリックは、本人なりの誠意を見せようと真剣だ。クラウディアはくすっと笑いつつ、その表情を観察した。

（セドリック先輩は、あるいは……）

「セドリックさま。もう遅い時刻です、そろそろお部屋にお戻りになっては？」

ノアがそう声を掛けると、セドリックは僅かに眉根を寄せる。

「き、君に言われるまでもない。……僕はこれで失礼する！」

「差し出がましい真似《まね》をいたしました。おやすみなさいませ」

「セドリック先輩、おやすみなさーい！」

出口へと歩き出したセドリックの背中に、クラウディアはぶんぶんと手を振った。セドリックは途中で立ち止まると、最後にもう一度こちらを見る。

セドリックが視線を向けたのは、クラウディアの方ではない。

「……」

その瞳は、先ほどまで視線を遣《や》らないようにしていたはずのノアを見据えていた。

「……ふん」

セドリックはすぐにまた歩き始める。彼の足音が遠ざかるのを聞きながら、クラウディアはノアにこう尋ねる。

＊＊＊

「――お前の従兄弟《いとこ》らしき子供は見付かった？　ノア」

クラウディアにそんなことを尋ねられて、ノアは顔を上げた。

食堂のテーブルに置いた皿には、サンドイッチが数切れ並んでいる。ノアが食事を摂っていないことを知っているクラウディアが、ノアのために残してくれたものだ。

ノアのことを見上げるクラウディアは、柔らかな微笑みを浮かべている。

「……まだ、候補でしかありませんが」

けれど、ノアは知っているのだ。

（恐らくは、姫殿下もお気付きになっている。どの人間がジークハルトに当て嵌《は》まるのか、その対象を）

ノアは再び視線を下に落とすと、使い終わった椅子をテーブルの下に戻しながら言った。

「呪いの調査と並行して、そちらにも引き続き探りを入れます」

「ふふ、ノアは良い子ね。呪いの調査を最優先にしちゃうかと思ったわ」

「姫殿下から気に掛けていただいているのですから、おざなりにするつもりはありません」

一通りの片付けが終わったあと、テーブルの皿を手に取った。ノアが魔力を込めた皿は、質量を失ってふっと消える。

（それに、呪いについても……）

「今日はもうお部屋に帰りましょう、ノア」

クラウディアがそんな風に言ったのは、恐らく休息のためではない。

「ラウレッタに話を聞くのですか？」

「ええ。それに、私が眠ってしまって心配を掛けているかもしれないわ」

食堂の出口に向かうクラウディアは、振り返って悪戯《いたずら》っぽい笑みを浮かべる。

「私が休まなければ、ノアがご飯を食べてくれなさそうだし」

「……」

図星を突かれて押し黙ったノアを見て、クラウディアは満足そうだ。

「さっき仕舞ったサンドイッチ、ちゃあんとノアが食べるのよ？　とっても美味しかったから、また作ってね」

「……仰せの通りに」

けれどもクラウディアは気が付いていない。

ノアが男子寮に帰ったところで、ゆっくり休める訳ではないのだ。

＊＊＊

「――帰ってきたぞ、クラウディア王女の従者だ！」

「…………」

クラウディアと別れたノアが寮に戻ると、消灯時間が間近に迫った男子寮は、想像した通りの大騒ぎが始まった。

ノアを我先にと取り囲むのは、今朝までクラウディアを遠巻きにしていた生徒たちだ。彼らはみんな態度を変えて、廊下を進みたいノアに群がりながら声を上げる。

「なあ頼む、姫殿下に取り次いでくれないか！　是非とも結婚を申し込みたい、父上からは速達の魔法郵便で許可をいただいている!!」

「……」

「こちらも婚約の申し込みを!! 聞けばクラウディア姫殿下はアビアノイア国で、素晴らしい魔法研究の実績をお持ちだとか!? どうしてそれを早く言ってくれなかったんだ!」

「…………」

「今日の授業で見た魔法、あれはすごい!! あんな魔力量を保有しているなら、多少不安定でも我が一族に加わっていただかなくては……姫殿下は花は好きか? すぐに贈り物を用意させる、従者の君が届けてくれ!」

「…………」

「姫殿下と結婚するのは俺だ! 俺とクラウディア姫殿下の魔力を受け継げば、才能に満ち溢《あふ》れた世継ぎが生まれてくるぞ……!!」

「…………」

必死に詰め寄ってくる男子生徒たちのことを、ノアは冷たい目で見下ろしていた。

ここにいる数十人の男子生徒は、全員が王族や高位貴族の令息だ。

クラウディアの魔法を目の当たりにして、ようやくその凄《すご》さを理解したのだろう。主君が当たり前の評価を受けることは喜ばしいが、婚約の申し込みともなれば話が違う。

(……私情は捨てろ。姫殿下の従僕として、慣例に則《のっと》った正しい答えを)

自らにそう言い聞かせ、ノアは口を開いた。

「……生憎《あいにく》ですが、一介の従僕にそのような権限はございません。姫殿下に婚約のお申し入れをなさるのでしたら、国家間の正当な手続きを行っていただきますよう」

「そんなまだるっこしいことはしていられない!! 学院内という身近な場所に、クラウディア姫殿下がおられるんだ。直接お話を……」

「そうだそうだ！ アビアノイア国の国王陛下は、クラウディア姫殿下のお見合いを滅多に了承なさらないと聞いているぞ！」

「正式な見合いが難しいのであれば、先にクラウディア姫殿下と個人的に親しくなるのが一番だ。クラウディア姫殿下が好いている相手であれば、国王陛下も無闇に反対などなさらないのではないか？」

「…………」

「ひいっ!!」

ノアが静かに睨《にら》み付けると、その生徒は青褪《あおざ》めて後ずさった。しかし取り囲む人数は多く、ひとりずつ相手にはしていられない。

するとそこに、階段の上から下りてくる人物の声が聞こえる。

「こーら。一体なんの騒ぎだ？」

「！」

手摺《てす》りから身を乗り出して見下ろすのは、八年生のルーカスだった。

「ルーカス先輩。これはその」

「クラウディアと見合いとか、婚約って言葉が聞こえたけど。お前たち彼女の従者を捕まえて、無理やり取り次がせようとしているんじゃないだろうな？」

オーバーラップ文庫&ノベルス
NEWS
処刑された最強は蘇り、再び最強に返り咲く!!
文庫注目作
反逆者として王国で処刑された隠れ最強騎士1
蘇った真の実力者は帝国ルートで英雄となる
著：相模優斗　イラスト：GreeN
臆病な最強魔女の「何でも屋」ライフ、スタート!
ノベルス注目作
暁の魔女レイシーは自由に生きたい1
～魔王討伐を終えたので、のんびりお店を開きます～
著：雨傘ヒョウゴ　イラスト：京一
2302 B/N

「そ、それは……!!」

ノアを取り囲んでいた面々が、ほんの僅かに後ずさった。ルーカスはすべてを察したように目を細めると、ノアのところまで歩いてくる。

「ノアにとってのお前たちは、自分よりも身分が上の人間だ。主君に恥をかかせないために、お前たちのことを無下には出来ない」

「う……」

「そこに付け込むのは卑怯《ひきょう》だって、ちゃんと分かるよな?」

言い聞かせるような口ぶりだが、そこには有無を言わせない雰囲気がある。ルーカスはノアの肩を抱き、顔を覗《のぞ》き込むようにして尋ねた。

「大丈夫か、ノア。といっても俺が口出ししたくらいで、この手の騒動は収束しない気もするんだが」

「……ご配慮をいただきありがとうございます。根本的な対処は自分で行えますので、ご安心を」

「ほう?」

ルーカスが面白そうに笑った。ノアは小さく溜め息をついたあと、冷静に周囲を見回す。

「正式な手続きを経た上で行われる姫殿下のご婚約に、俺が関与する資格はありません」

そのことは当然分かっている。クラウディアが望む婚姻や、王女として国王から命じられる見合いなどの際に、ノアが口を挟む余地などない。

「――ですが」

「！」

「伝統ある慣習を踏まえず、従僕ごときを通そうとなさるのは、姫殿下を軽んじる不敬な求婚かと」

その場の空気が変わったことに、ルーカスが目を丸くした。

ノアは黒曜石の色をしたその瞳で、群がってきていた男子たちを見据える。

「魔術に剣術、加えて体術。これらの手合わせの見学を、クラウディア姫殿下は好まれます」

そしてそれは、ノアがクラウディアの『弟子』として、常日頃から指導されている内容でもあった。

「どなたからでもどうぞ。――私に勝てたお方の名前を、我が主君にお伝えいたしましょう」

「……っ!!」

ノアが目を眇めたその瞬間、男子生徒たちは青褪めたのだった。

＊＊＊

クラウディアが転入してから、十日目の午後のこと。

この日は魔法の授業がなく、すべてが通常授業の日で、クラウディアはつつがなく一日を終えた。

ホームルーム後の教室からは、どんどんクラスメイトが減ってゆく。みんなはそれぞれ校庭で遊んだり、図書室や遊戯室に向かったりして、思い思いの放課後を過ごしているのだ。

そんな中クラウディアは、教室の窓に設けられた手すりへと顎を置き、校舎の下を行き交う生徒たちを眺めていた。

（……のんびりとした時間だわ）

ふわあと小さくあくびをし、学院を覆う結界を見上げる。遥《はる》か頭上を泳いでいるのは、小魚を追い立てているエイだ。

（今日で十日目。学院内の様子が分かってきて、私の存在も馴染み始めた頃）

この十日の間に、クラウディアは同室のラウレッタと随分仲良くなった。

クラウディアと一緒なら、魔法の授業にも顔を見せてくれる。まだ授業そのものには参加せず、見学のみではあるものの、これは大きな変化と言えるだろう。

（ラウレッタ先輩の肉声を聞けることが増えてきて、これも良い傾向だわ。セドリック先輩も、ラウレッタ先輩に謝罪の手紙を書いたそうだし……）

その中には、ラウレッタに直接会って謝りたいということも綴《つづ》られていた。

ラウレッタは悩んだ顔をした末、短い返事を書いている。

いわく、『私がセドリック先輩のことを怖くなくなったら』だそうだ。

続いて、『私も、暴走でみんなを怖がらせたことをもう一度謝りたいです』とも綴られていた。

（ラウレッタ先輩とは、お部屋で秘密の特訓もしているものね。魔法で作ったお魚さんの追いかけっこは、魔力制御の練習にぴったり）

クラウディアは指先で、小さな魔法の魚を作り出す。その魚はクラウディアの鼻の頭をつんと突《つつ》いた後、ふわふわと泳いでいって消えた。

（次に調べるべき『対象』は、八年生の――……）

「わあっ、見て見て！」

廊下から聞こえてきた声に、クラウディアは後ろを振り返る。

クラウディアがいる教室の前で、他のクラスの一年生たちが手を取り合い、なんだか色めき立っているようだ。

「フィオリーナ先輩よ。低学年の校舎に何かご用なのかしら！」

「一度だけでもお話ししてみたいわ。行ってみましょ！」

ぱたぱたと駆けていく彼女たちを追って、クラウディアもひょこっと廊下を覗き込む。

すると向こうには、十人ほどの生徒たちに囲まれたフィオリーナが、談笑しながら歩いてくる姿が見えた。

「――それで私たち園芸部は今度、中庭に花を咲かせる魔法を試すんです！　フィオリーナ先輩にも見てもらいたいなって思ってて……!!」

「ふふ、とっても素敵です。魔法が上手に出来たときは、必ず中庭に見に行きますね」

「フィオリーナ先輩、俺たち乗馬部もすごいですよ！　三年生はまだ馬の世話しかさせてもらえないんですけど、どの馬もよく懐いてて！　俺が餌当番の日に、先輩も一緒に来ませんか？」

「まあ、お馬さんにご飯をあげられるのですか？　楽しみですけれど、ちょっぴり怖いかもしれません……」

「怖くなんかありません!!　フィオリーナ先輩は、必ず俺が守ります!!」

「頼もしいですね。では一度、お邪魔にならないときに遊びに行ってもいいでしょうか?」

一年生から三年生の生徒たちは、きらきらした瞳でフィオリーナに話し掛けている。その様子は童話を読んだ子供が、その中のお姫さまに憧れる姿そのものだ。

「是非!! フィオリーナ先輩が来てくださったら馬たちも……」

「あら」

そのときフィオリーナのまなざしが、クラウディアの方に向けられた。

「クラウディアちゃん!」

「……フィオリーナ先輩!」

クラウディアはぱっと笑顔を作り、ととっと廊下を駆けてゆく。そんなクラウディアに、周りの生徒たちは少し顔を顰めた。

「初級クラスの一年生だ。フィオリーナ先輩に軽々しく……」

「でもあの子、王女なんでしょ?」

「ふん、僕だってフレスティア国の十三王子だぞ! この学院では全員が平等。王族だからってフィオリーナ先輩に近付けると思ったら、大きな間違……」

そんな囁《ささや》き合いを遮るように、フィオリーナはクラウディアをぎゅっと抱き締める。

「会いたかったです、クラウディアちゃん!」

「!?」

その瞬間、生徒たちが驚愕《きょうがく》に目を見開いた。

「な……っ!!　誰にでも分け隔てなく接する、女神のようなフィオリーナ先輩が……」

「あの一年生を抱き締めた……!?」

廊下がざわざわと動揺に満ちる中、フィオリーナはクラウディアから少し身を離して見下ろす。

フィオリーナから漂う上品な香りは、薔薇《ばら》から作られた香水のものだろう。

「クラウディアちゃんとお話ししたいのに、なかなか機会が無かったでしょう?　ついつい会いに来てしまいました」

「えへへ、嬉しいです!　フィオリーナ先輩いつもみんなに大人気だから、お傍に行っても大丈夫かなって心配で……」

「もちろん遠慮なんかせず、いつでも話し掛けて下さい。クラウディアちゃんと過ごせるのを、私も楽しみにしていますので」

フィオリーナのそんな言葉を聞いて、他の生徒たちがまた驚く。

「あの一年生、フィオリーナ先輩と一体どういう関係なんだ……?」

(……疑問を持たれるのも当然よね)

表面上はにこにこしつつ、クラウディアは内心で考えた。

(フィオリーナ先輩の言葉は不可思議だわ。彼女に特別扱いされる理由なんて、私には無いもの)

「妹のラウレッタとも同室で、仲良くしてくれているのでしょう?　本当に、ありがとうございます」

フィオリーナはクラウディアの両手をくるむと、大切そうにぎゅっと握る。

「大切なラウレッタ。とても心配しているのですが、私はあの子の傍に居ない方が良いと言われていますので……」

他の子供たちには聞こえないであろう、とても小さな声だ。

クラウディアは微笑んで、同じように小さな声で言う。

「ラウレッタ先輩はとっても大好きなお友達です！　昨日もふたりでパジャマパーティーをしたの。先生たちに内緒で、クッキーやマシュマロも食べちゃいました」

「ふふっ。すごく楽しそうですね、素敵です」

フィオリーナはくすくすと笑いながら、制服のローブから何かを取り出した。

「クラウディアちゃんに、この招待状を渡したくて」

「招待状？」

手渡されたのは、小さなカードだ。

「私もクラウディアちゃんと、もっと仲良くなりたいのです。……ですからどうか、遊んで下さいね」

フィオリーナはそう言って立ち上がると、紫色の髪を指で梳《す》き、耳に掛けた。

「合唱部の練習に行きませんと。クラウディアちゃん、さようなら」

「……はい！　さようなら、フィオリーナ先輩！」

クラウディアがぶんぶんと手を振ると、フィオリーナは嬉しそうに笑って手を振り返してくれた。

「あ！　待ってくださいい先輩、俺も合唱部の見学に行っていいですか!?」

「私も！」

「あらあら、うふふ。では皆さん、一緒に参りましょうか？」

フィオリーナの周りにいた下級生たちは、全員が彼女についていってしまった。

クラウディアは彼女に手渡されたカードを広げると、そこに綴られた文字に目を通す。

「――――……」

フィオリーナの書き文字は、几帳面《きちょうめん》で清楚《せいそ》な印象を受けるものだ。

そっと目を眇めたそのとき、すぐ傍にある窓の下から声を掛けられた。

「よお、クラウディア！」

「……」

快活なその声に、クラウディアは窓から顔を出して手を振った。

「ルーカス！　こんにちは！」

中庭で制服のローブを脱いだルーカスは、白いシャツ姿でネクタイを緩めている。片手にボールを抱えているので、クラスメイトと球技を楽しんでいたのだろう。

「アビアノイアのお姫さまが、そんなところで何してるんだ？」

「あのね、さっきまでフィオリーナ先輩が居たの！　クラウディアに会いに来てくれたんだって！」

「へえ、フィオリーナが？」

ルーカスはそう言って、ふっと柔らかく目を細める。

「あいつああ見えて、結構寂しがり屋だからな」

そのやさしいまなざしを他の女子生徒たちが見ていたら、頬を染め声を上げていただろう。

「それにしたってクラウディアもひとりか。騎士殿はどうした?」

「ノアはきっともうすぐ！　今日はノアがお掃除の当番だから、クラウディアは終わるのを待ってるの」

「そうか、それならよかった。こいつらが君の姿を見て、心配そうにしていたからな」

そう言ってルーカスが目をやったのは、彼の周りにいる三名ほどの下級生だ。リボンの色からして、三年生の男子生徒たちだった。

「ほらお前たち。クラウディアは大丈夫そうだ、よかったな」

「は、はい、ルーカス先輩！　クラウディア姫殿下に何事も無くて、安心いたしました！」

(ルーカスは下級生に慕われているわ。八年生たちとも仲が良いけれど、それ以上に四年生以下の扱いが上手《うま》い)

「ですがいかがでしょう、クラウディア姫殿下！　放課後に退屈なようでしたら、俺たちと一緒に！」

(私が前ほど下級生に意地悪をされなくなった理由のひとつは、ルーカスが人前で私に構うことね。多少の陰口はあっても、ひどいことはされないわ。反対に、私の魔力を知った男子生徒たちからのあからさまなアピールは増えたけれど、そっちの方は……)

その瞬間、クラウディアの体がふわりと浮き上がる。

「！」

何かの魔法によるものではない。クラウディアの小さくて軽い体は、ノアの手によって抱き上げられている。

「お待たせ致しました、姫殿下」

「ノア！」

「ひいっ!!」

クラウディアがぱっと微笑んだのとは反対に、下にいた三年生たちが青褪めた。ノアの肩に手を置いたクラウディアは、首を傾げて彼らを見下ろす。

「三年生さんたち、行っちゃった」

「姫殿下に一言ご挨拶が出来たので、恐らく感極まったのでしょう」

（どう考えてもノアに怯《おび》えていたけれど、そういうことにしておこうかしら……）

大体の事情を察しつつも、クラウディアは特に触れないことにしている。ノアがクラウディアを守る方法について、基本的にはノアに任せているのだ。

クラウディアはノアに抱っこされたまま、黒曜石の瞳を見下ろして言う。

「ノア、まずは一緒に宿題からやろ！　それが終わったら、学院を探検して遊ぶの！」

「はい。それではこのまま図書室へお連れいたします」

「下りても大丈夫！　んしょ」

クラウディアとノアのやりとりは、下にいるルーカスに聞こえている。クラウディアは幼いふりを続けながら、ルーカスにぶんぶんと手を振った。

「ルーカス、またね！」

「ああ！　ノアもな。また八年生の階に遊びに来いよ」

「ありがとうございます。……それでは」

ルーカスと別れたあと、教室を出て長い廊下を歩きながら、クラウディアはノアに尋ねる。

「意外だわ。男子寮で過ごしている時間、ノアは八年生と遊んでいるの？」

「常にという訳では。八学年は卒業を来年に控えていることもあり、魔法の能力を将来にどう活かすかを話し合っているので、情報収集をしています」

「まあ。いわゆる『進路相談』というものね」

クラウディアには馴染みのない言葉だったので、新鮮味があって面白い。

「はい。この学院に居るのは、さまざまな国から集められたさまざまな事情を持つ生徒ですから。裕福な国や厳しい自然の中にある国、常に戦争が絶えない国。庶民だったにもかかわらず優秀さで貴族位が与えられた生徒もいれば、生まれながらにして王になることが決められている生徒もいました」

「そんな彼らが色んな目線で話し合っているのを聞くのは、とっても面白いことでしょう？」

そう微笑むと、ノアは真剣に頷《うなず》いた。

「あの寮で生まれた他愛のない会話が、いつか世界を変えるかもしれません。……各国の子供をここに集め、学院内では身分で区別しないことを定められたのは、そういった反応を起こすことが狙いですか？」

クラウディアは横髪を耳に掛けながら、くすっと笑う。

「どんな子供たちの、どんなに他愛ない集いだって、世界を変える力になる可能性があるわ」

「！」

「たとえば共通点を持つ子供だけを集めても。あるいは全部が違っていて、異なる子供を集めても、それは何かを生み出すの。その上で私は、ばらばらの子供たちが起こす反応を見たかったのよ」

そんな環境に、いまのクラウディアにとって一番大切な『子供』であるノアが居るのは喜ばしい。

図書室の扉を開けながら、クラウディアは小さな声で言う。

「もしかしたら、歌に似ているのかもしれないわ」

「……歌に、ですか？」

「同じ旋律が重なると、音に厚みが増して綺麗《きれい》。異なる旋律が重なった場合、それが調和するのも綺麗」

「……」

そう話しながら入室した図書室は、しんと静まり返っていた。

この学院の図書室はふたつあり、片方はいつも賑《にぎ》わっている。外との行き来が出来ない学院の中で、読書は人気の娯楽だからだ。

クラウディアたちがやってきたこちらの図書室は、どちらかといえば学術書の類が並べられていた。試験の前などは別として、普段の放課後に限っては、この部屋には生徒たちの出入りがない。

それでも防音魔法を掛けた上で、ノアは机に数冊のノートを広げた。

「噂にあった『幽霊』について、一通りの聞き込みを終えました。お言い付けに沿った内容が集められたかと」

「ありがとう、さすがはノアね。……期待していた通りの情報だわ」

綴られた文字を眺めながら、クラウディアは目を伏せる。

一冊目のノートに書かれているのは、『幽霊』の目撃情報があった日付だ。そして二冊目のノートには、別の日付が書かれていた。

「一致しているわね」

「はい。学院に誰も見たことのない生徒、『幽霊』が現れるのは……」

ノアはその形良い眉を歪《ゆが》め、静かに紡ぐ。

「船が消えた日。つまりは呪いが発動した日と、重なっています」

クラウディアは両手で頬杖《ほおづえ》をつき、じいっとノートを見詰めながら呟いた。

「学院の幽霊は、船を攫《さら》う呪いと共に現れる……」

ノアの綴る文字は無骨だが、雑なところがなく読みやすい。その文字を眺めながら、時系列を整理した。

「最初に船が消えたのは、一年と少し前のこと。去年の四月六日ね」

するとノアは、クラウディアが考えていたのと同じことを口にする。

「いまの二学年が、この学院に入学した直後の時期となります」

「……」

クラウディアは眼前に右手を伸ばすと、人差し指で空中に線を引いた。

そこに現れたのは、光の文字だ。クラウディアが魔法で書いたその文字は、おおよそ三十日ごとの日付だった。

「ノア。この日付がなんだか分かる？」

「……昨年の四月六日。五月六日。六月五日、七月五日……」

書かれた日付を読み上げていったノアは、そこではっとした。

「すべて満月の日になるかと。しかしこれは……」

「そう。船が消えて幽霊が現れた日付はすべて、満月の日なの」

クラウディアが魔法を解くと、光の数字はふっと消えた。ノアは眉根を寄せたまま、再びノートに視線を落とす。

「……次の満月は二週間後の、八月二十八日です」

「消えた船は全部で十隻。毎月事件が起こっている訳ではないけれど、警戒すべき日程よね」

二週間以内に問題を解決しなければ、新たな犠牲が生まれる可能性がある。迫り来る期日に、クラウディアは目を眇めた。

「呪いの主の候補が絞れているとはいえ、厄介ですね。呪いの魔法道具を破壊するには、主の『強い願い』が何かを知らなければ困難です」

「願いに対する感情が強く発露しているときが、最も負荷が掛かっているタイミングだもの。暴いて揺さぶりを掛けるとしても、フィオリーナ先輩とラウレッタ先輩のどちらが主か確定していなくては、実力行使にも出られないわ」

図書室から見える窓の外では、ぷわぷわとクラゲが泳いでいる。クラウディアはそれを眺めながら、ノアに尋ねた。

「ラウレッタ先輩が願うなら、どんな望みがあると思う？」

「……月並みな想像の範囲であれば、魔力の暴走に関するものかと。あるいは自身のコンプレックスを克服したい、といったところでしょうか」

「では、フィオリーナ先輩の方はどうかしら」

「こちらも表面的な意見ならば、フィオリーナは何かを願うまでもなく、現状でほとんどの願いが叶《かな》っているように見えます。――教師からの信頼も厚く、同学年からは一目置かれていて、下級生からは憧憬を寄せられている」

ノアが答えてみせたのは、まさしく大多数の意見だろう。

負い目と劣等感を抱えている妹に対し、あらゆる環境に恵まれて幸せそうな姉という構図であれば、強い願いを抱えているのは妹のラウレッタだと思われる。

けれどもクラウディアは、ぽつりと口にした。

「焦がれるものがあるとしたら、どうかしら」

「……？」

ノアが不思議そうにこちらを見たので、クラウディアは小さく笑った。

「やっぱり想像を巡らせるだけでは駄目ね。無意味だわ」

「姫殿下？」

「これを見て。ノア」

クラウディアは制服であるローブの下から、小さなカードを取り出した。

甘い匂いが漂うのは、香水の香りが移されているからだ。レースのような切り込みが入れられたカードには、こんなメッセージが綴られていた。

『八月の終わりに、真夜中のお茶会を致しましょう。クラウディアちゃんにお歌を聞いていただけるのを、とても楽しみにしています』

「……フィオリーナからの、手紙ですか？」

「八月の終わりというのなら、満月の夜かもしれないわね」

ノアが眉根を寄せるものの、クラウディアはそれを宥《なだ》めるように笑う。

「私が大人しく誘いに乗ると思う？　ノア」

「……いいえ、姫殿下」

溜め息をついたあと、黒曜石の色をした瞳がこちらを見据えた。

「招待された夜など待つことなく、御自ら出向いて行かれることかと」

「大正解よ。今夜の十時半、消灯時間が過ぎた時間に、秘密の待ち合わせをしましょうね」

クラウディアがにっこり笑って言うと、ノアはすべてを諦めたように目を伏せて、「姫殿下のお命じになるままに」と返したのだった。

＊＊＊

この学院では十時の消灯時間になると、魔法によるランプの灯《あか》りがすべて消える。

その時間は当然ながら、生徒の出入りは許されない。出入り口には寮監となる職員が配置され、厳しく監視されているほか、定期的に寮内の見回りもされていた。

それでも建物の扉自体が施錠されないのは、何かあったときに避難が容易になるよう、そんな配慮がされているからだ。

だから時々、深夜にこっそりと寮を抜け出す生徒が現れる。

たとえば『幽霊』を目撃した生徒たちや、今夜のクラウディアとノアのようにだ。

「こっちよ。ノア」

待ち合わせをした森の中で、クラウディアはノアに合図を送った。

暗闇の中で足元を照らすのは、蛍のように小さな光の球だ。こちらに歩いてくるノアも、同じ灯りを従えている。

「そういえば、転移魔法は問題なく使えたのね。さすがは私のノアだわ」

「姫殿下に教えていただいた通り、魔法の術式を組み替えれば容易に転移出来ました。……この学院の仕組みを創ったお方だからこそご存知でいらっしゃる、文字通りの『抜け道』ですね」

「ふふ。だけど、万が一見付かったら叱られちゃうわ」

クラウディアはそう言って、ノアの方に両手を伸ばす。

命じたいことを心得ているノアは、お互いの指を絡めるようにしてクラウディアと手を繋《つな》ぐと、小さく呪文を詠唱した。

「――――……」

ふわりと体が温かくなり、ノアの魔力が流れ込んでくる。次にクラウディアが目を開けたときには、先ほどまでと視界が変わっていた。

「いい子」

そう言って微笑んだクラウディアは、十六歳ほどの大人の姿になっている。

身長が伸び、体は柔らかな曲線を描いて、均整の取れた女性らしい見た目に変わっていた。

向かい合っているノアの外見も、十九歳の青年の姿を取っている。

先ほどまでより背が伸びて、顔立ちの精悍《せいかん》さが増したノアは、クラウディアと繋いでいた手をぱっと離した。

「……ご体調に問題はありませんか」

「ええ。すごいわノア」

弟子でもある従僕の成長が嬉しくて、クラウディアはぱちぱちと拍手をする。

「肉体の年齢を操作する魔法は、本当に難しいものなのに。ノアはすっかり完璧ね」

「五百年前のあなたの弟子、ライナルトも使えた魔法なのでしょう？　その子孫が年齢操作の魔法を使えることくらい、当然です」

「あら。お前がライナルトの子孫であっても、努力や才能無しに習得出来る訳ではないわ。それに五百年前の弟子たちでも、この魔法が使えるのはほんの僅かだったのよ？」

ノアはなんだか物言いたげだ。クラウディアはその理由が分かっていたが、わざと微笑んで触れずにおく。

「とはいえ姫殿下。今回は学院内という閉ざされた環境ですので、大人姿を『変装』とするのは心《こころ》許《もと》ないかと思われますが」

「そうね。大人と子供では、同一人物であっても異なる顔立ちになるけれど……」

顔というのは成長するにつれ、それぞれのパーツの比率も変わり、同じ人物の顔でも子供と大人では印象が変わってくる。

大人の姿で記憶している相手の顔は、子供の頃の肖像画を見たところで『別人』あるいは『似ている兄弟』にも感じられ、本人そのものの顔に見えることは少ないものだ。

そのため普段はそれを利用し、大人の姿になることで変装を兼ねているのだが、閉鎖された学院内では少々危うい。

「私たちの髪色や組み合わせを見て、一年生のクラウディアちゃんと四年生のノアくんをすぐに連想されてしまうかもしれないわ。だから……」

クラウディアはくすくす笑いながら、ノアの黒髪に触れる。

ノアは僅かに肩を跳ねさせたが、クラウディアが触れることには逆らわない。クラウディアはノアの頭を撫《な》でながら、小さく呪文を唱える。

「——これでいいわ」

そうしてクラウディアが手を離すと、ノアの黒髪は魔法によって、銀色の髪に変わっていた。

「ノアには銀髪もよく似合うわね。もちろんいつもの黒髪が一番だけれど、これも素敵」

「……姫殿下」

「そう。私の髪は前世と同じ色」

クラウディアは微笑んで、自らの長い髪を指で梳いた。

普段はミルクティー色をしているその髪は、一部に青の交じった紫色に変わっている。

お互いのこの姿を見ても、普段のクラウディアたちとは結び付かないだろう。ただでさえ年齢を変える魔法は、この時代には失われていると言ってもいい。

「それでは探検に行きましょうか。『レオンハルト』」

「はい。……『アーデルハイトさま』」

普段と違う髪色をしたクラウディアとノアは、足元に光の球を従えたまま、僅かな灯りを利用して校舎の中を歩いた。

装いは制服のローブ姿だ。みんな同じデザインの制服は、こんな調査に都合がいい。

万が一のときに攪乱《かくらん》出来るよう、学年の色を示すリボンやネクタイは着けないまま、小さな声でひそひそと会話を交わす。

「夜の学院は不思議な雰囲気ね。辺りに人の気配もなくて、しいんとして」

ごうごうと風のような音がするのは、結界の向こう側にある海の音だ。

「鯨は夜に眠るのよ。今頃この学院のすぐ上で休みながら、何かの夢を見ているかもしれないわ。

ここから見えるかしら？」

「今夜は細い三日月です。そうでなくとも月明かりでは、海の中を見ることは難しいかと」

「どんなに大きな月の夜でも、この学院の夜は真っ暗だものね」

とりとめのない会話を交わしながら、クラウディアはとある教室の中を見回した。

「ここが、フィオリーナ先輩の教室ね」

「……」

この学院の教室内には、生徒ごとに決まった席というものは無い。ローファーの靴音をこつこつと鳴らしながら、クラウディアは教室の真ん中に立った。

そして空中に手を翳《かざ》し、魔力を込める。

「――……」

クラウディアの手から広がった光が、まるで星屑《ほしくず》のように教室の中へと散らばった。

天井や壁、窓際のカーテンに浮かび上がってちかちかと瞬く。この光は、魔法の使われた痕跡を調べるためにクラウディアが生み出した、解析魔法の一種だった。

すぐ傍に呪いの気配を察知すると、赤い星が灯《とも》るように構築されている。白い光の星空に染まった教室内で、ノアは周囲を見回した。

「どの光にも、赤い反応は出ていません。転入初日、聞こえてきた歌は紛れもなく呪力を帯びていましたが、この教室に呪いの痕跡はないようです」

「そうね。歌の欠片《かけら》も聞こえてこない……」

クラウディアはそっと目を瞑《つむ》る。どれだけ耳を澄ましても、聞こえてくるのは微《かす》かな海の音だけだ。

「お前の教室は中庭を挟んで向こう側、この教室の向かい側にあるわよね。休み時間にフィオリーナ先輩の歌声を聞いたことがあるのでしょう？」

「はい。フィオリーナは掃除の時間や移動中など、半ば無意識に歌っている様子です。……ですがそれらの歌にはすべて、呪いの気配や魔力を帯びていた様子はありませんでした」

「フィオリーナ先輩の『普段の歌』については、魔法も呪いも関与していない、ということで間違いが無さそうね」

クラウディアが教室内に散らした光は、何度か瞬いたあとで消えていった。

けれどそれからしばらく経《た》っても、なかなか消えない光がある。教室に片隅にある机の上で、それは仄《ほの》かに光っていた。

「アーデルハイトさま？」

「見て。魔法の名残だわ」

それは、小さく書かれた文字である。

「フィオリーナ先輩の字ではないわね。これは……」

『今夜、礼拝堂にて』

クラウディアは目を眇め、光に炙《あぶ》り出された文字をなぞった。

「……礼拝堂……」

五百年前には無かった建物だ。果たして何処に建てられていたかを思い出すべく、クラウディアは学院の地図を脳裏に描く。

「確か、学院の東端にあったはずよ」

転移魔法は原則として、自分が行ったことのある場所にしか飛ぶことが出来ない。どのくらい歩くかを計算しようとしたとき、ノアが黙ってクラウディアの手を取る。

「！」

辺りが光に包まれて、クラウディアは地面の上に降り立っていた。

そこには石造りの美しい尖塔《せんとう》がある。周囲を木々に囲まれたその建物は、まさしく礼拝堂だった。

「ノア。礼拝堂に来たことがあったの？」

「学院内は一通り歩き回り、地図を頭に入れています。……このようなときに、アーデルハイトさまのお役に立てると思いましたので」

しれっと涼しい顔で言い切るが、この学院は広大だ。恐らくそれなりの労力が必要だったはずなのに、ノアはこれまでおくびにも出さなかった。

「……さすがは私のいい子ね。ありがとう」

「従僕として当然のことです。それよりも」

クラウディアは優雅に頷いて、礼拝堂を見遣《みや》る。

「――歌が聞こえるわ」

ノアと繋いでいた手を離そうとすれば、引き留めるように繋ぎ直された。微笑んでそれを窘《たしな》めたあと、ちゃんと離れてから歩き出す。

礼拝堂の扉は、ほんの僅かに開かれていた。

クラウディアたちは足を止め、こちらの存在が気取られない場所から、囁く声でやりとりを交わす。

「この中に人の気配があります。……軽く見積もっても百人以上」

「それだけの数の生徒が、寮から抜け出せるとは思えないわ。幽霊かもしれないわね？」

「アーデルハイトさまはこちらでお待ち下さい。俺が扉を」

「いいえ、一緒に行くの。気配遮断の魔法は、まだ効いているわね」

それを確かめた後、クラウディアたちはそっと両開きの扉に手を触れる。

隙間から溢れていた細い光が、少しずつその幅を広げていった。飛び込んできた礼拝堂の光景に、クラウディアは瞬きをする。

「！」

光に満ち溢れた礼拝堂は、大勢の人で埋め尽くされていた。

この学院の生徒たちではない。彼らの年齢はまちまちだが、恐らくは大半が成人している。

子供や孫がいそうな年齢に見える人や、年若くとも学生というより、労働者階級の立場であるように見受けられた。

彼らは例外なく日に焼けていて、簡素な服を身に纏い、会衆席で頭を下げている。

そのさまは祈りを捧《ささ》げているというよりも、主君に忠誠を誓う騎士のようだ。

彼らが頭を下げる先、礼拝堂の最奥では、ひとりの女性が歌っている。

（……美しい歌）

こちらに背中を向けて跪《ひざまず》く彼女は、豊かな長い髪を持っていた。

まるで波のような曲線を描くその髪は、『アーデルハイト』と同じ紫色だ。

歌声は甘く、柔らかい。

伸びやかで、心地のよい歌である。

「…………」

クラウディアが一歩踏み出すと、一階のみならず、二階のバルコニー席までをも埋め尽くす会衆席の人々が、一斉に顔を上げた。

彼らは無表情で、その目に感情は宿っていない。一言も発することは無く、ただクラウディアとノアの方を見詰めている。

それはまるで、幽霊のように。

そんな中、荘厳で美しい歌声だけが、止《や》むことなく響き続けている。

「これは……」

その異様さにノアが顔を顰めた。クラウディアは微笑んで、女性の背中に話し掛ける。

「こんばんは。とても素敵な歌声ね」

「……」

その歌声が、ぴたりと止まった。

歌姫が沈黙してしまえば、この礼拝堂に残るのは静寂だけだ。紫色の髪をした女性は立ち上がると、ゆっくりこちらを振り返ろうとする。

そうして、まさにその顔が見えそうになった、その瞬間だった。


「！」

「アーデルハイトさま！」


クラウディアが気配を察知したのと同時に、ノアもクラウディアの手を掴《つか》む。

その直後、誰かの魔法がクラウディアたちを包んだ。

「ん――……っ」

平衡感覚がおかしくなり、周囲の景色が切り替わる。

世界が歪む。

落下したのか浮遊したのか分からない衝撃に、クラウディアはぱちりと瞬きをした。


（転移魔法――……？）

それを察知したときには既に、クラウディアは礼拝堂ではなく、何処か狭い場所に『飛ばされた』あとだった。

「っ、姫殿下」

頭をぶつけずに済んだのは、ノアの大きな手が抱き込んでくれたからだ。

大人姿のクラウディアは、真っ暗な部屋の中、硬い床らしき場所に横たわっている。

そしてクラウディアの体の上には、ものすごく苦い顔をしたノアが、やはり大人姿のまま覆い被《かぶ》さっていた。

ノアはクラウディアの顔の横に手をつき、クラウディアを見下ろす。

外見は大人のままなのに、ノアの髪色は銀から黒へと戻っていた。見ればクラウディア自身の髪も、魔法で変えた紫色ではなく、普段通りのミルクティー色だ。

「ご無事ですか」

「ええ。受け身を取ってくれてありがとう、ノア」

クラウディアが無事だと分かると、ノアは静かに息を吐く。そのあとで、クラウディアの頭の下から手を抜いた。

「……姫殿下のお体に覆い被さるなど、一生の不覚です。すぐに退《ど》きますので、お待ちくだ……」

「待って」

「！」

クラウディアは下から手を伸ばし、ノアの口を塞ぐ。

もう片方の手で人差し指を立て、「しーっ」と合図を送った。するとノアも、向こうから近付いてくる気配に気が付く。

「……」

「誰かがこっちにやって来るわ。ノア、ここが何処だか分かる？」

「…………恐らくは、男子寮にある物置かと」

ノアは顔を顰めたまま、視線を動かした。

「この雑然とした掃除道具の置き方といい、積み上げられた木箱といい、初日に寝具を取りに来た部屋と同じです。……扉は壊れ掛けており、少しのことですぐ開いてしまう」

「風の通りがあるのを感じるわ。私からは見えないけれど、いまも扉が開いているのね？」

「……」

「おまけにここまで狭くては、少し身じろいだだけで物音が立ってしまいそう。だから動いては駄目よ、ノア」

ここが男子寮ということであれば、女子生徒であるクラウディアが見付かったら大騒ぎだ。

こちらに近付いてくるのはきっと、見回りをしている寮監の足音だろう。クラウディアを押し倒す体勢のまま固まったノアは、物凄く苦い顔で口を開いた。

「……転移魔法を使っては……」

「光ってしまって目立つでしょう？　私たちの姿が見られなかったとしても、転移で出入りがあったことを勘付かれるのは避けたいわ。ここに飛ばされた時点で見付からなかったのは、幸運だもの」

「……っ」

クラウディアが間近に見上げると、ノアはぐっと口を噤《つぐ》む。廊下を歩く足音は、まだ少し遠い位置にあるようだ。

クラウディアは僅かに目を伏せて、そっと呟く。

「他人の転移魔法で強制的に飛ばされるなんて、ノア以外には久し振り」

「……」

ノアは眉根を寄せたまま、小さな声で言った。

「礼拝堂で歌っていた女は、フィオリーナの姿に酷似していました」

「けれど見たのは後ろ姿だけだわ。声もよく似ていたけれど、どうかしらね」

「我々を転移させたのも、素直に考えるならばあの女です。……しかし」

「ええ、彼女の動きは十分に警戒していたわ。けれど転移魔法を使う素振りもなければ、詠唱の呪文も聞こえてこなかった」

もちろん、考えるべきことはそれだけではない。

「礼拝堂に居た人々。女性の歌を聞いていた彼らの身なり、あれはきっと……」

「……」

クラウディアはくったりと身を投げ出し、無防備に横たわって言葉を紡いだ。

一方で、覆い被さっているノアはそうもいかない。恐らくクラウディアに体重を掛けないよう、狭い空間で苦心しているのだろう。

クラウディアは手を伸ばし、ノアの頭を撫でながら告げる。

「その体勢は辛《つら》いでしょう。私に体重を掛けて、くっついても良いのよ？」

「姫殿下にそのような不敬を働くことは致しません。絶対に」

「ふふ」

健気《けなげ》な口ぶりが可愛《かわい》らしく、同じくらいに頼もしい。そんなノアへの何よりの褒賞は、クラウディアがすべてを預けることだと知っている。

だからクラウディアは微笑みつつ、心からノアに頼るのだ。

「足音がどんどん近付いてくるわ。私を守ってね、ノア」

「……何に替えても」

ノアの答えに満足し、クラウディアは目を細めた。

けれどもそのとき、近付いてくる足音の小ささに違和感を覚える。

（……これは、子供の足音だわ）

そのことを、恐らくはノアも察したようだ。

「見回りではないわね。男子生徒の誰かが抜け出して、歩いているんだわ」

「姫殿下。この声は」

聞こえてきたのは、独り言のように漏らされた言葉である。

「――まさか、この時間になって部屋に居ないとは。寮の外にでも抜け出しているんじゃないだろうな……」

（……セドリック先輩……）

その声には僅かな苛立《いらだ》ちと、焦りのようなものが感じられた。

「くそ。この学院にもあまり長居出来ないというのに、僕は一体何をやっているんだ……！」

「……」

「彼がこの学院に居ることは間違いない。……正体を隠している上、姿を変えているのなら、こちらはあまりにも分が悪いぞ……」

その言葉は、明らかに誰かを探している人間のものだ。ノアは口を噤み、扉の方を静かに睨み付けている。

（セドリック先輩の言葉を聞き取るには、集音の魔法を使った方がよさそうね）

そう思い、クラウディアが少しだけ身を起こそうとした、そのときだった。

「！」

「……」

クラウディアのことを抱き締めるかのように、ノアが体を低くする。

体重こそ掛けられていないものの、互いの体が触れるほどの距離だ。クラウディアが動かないようにするためか、ノアの手がクラウディアの手首を摑み、床に縫い付ける。

「――――……」

セドリックが、この物置の前で立ち止まったのが分かった。

ノアが身構え、僅かに殺気のようなものを滲《にじ》ませる。セドリックが手を伸ばし、ドアノブを握り締めたであろう様子が、扉の軋《きし》む音から伝わってきた。

その直後のことだ。

「まったく……」

セドリックは溜め息をついたあと、ゆっくりと物置の扉を閉ざす。

「いつまでも扉が壊れたままにしておくなんて、困ったものだな」

かちゃんと扉が閉まったあと、物置は完全な暗闇になった。

少しずつ足音が遠ざかり、セドリックの気配も無くなると、物置の中は耳鳴りがするほどの静寂に包まれる。

「ノア――……」

「…………」

小声で名前を呼び掛けたのと同時に、ノアの転移魔法が発動した。

瞬きのあと、クラウディアは先ほどノアと待ち合わせた森の中に転移して、地面の上に立っている。

「お疲れさま。ノアのお陰で見付からずに乗り切ることが出来たわね、ありがとう」

「……このくらいは、当然の、ことですので……」

物凄く疲れた様子のノアは、木の幹にごつりと拳を押し当てて息を吐いた。

クラウディアはその傍に寄っていくと、手を伸ばしてノアの頭を撫でる。その髪色はやはり、黒色だ。

「……髪色を染めた私の魔法が、完全に解除されているわね。けれど、ノアが使った年齢操作の魔法はそのままだわ」

「何者かに強制転移させられた際に、姫殿下がご自身で解除なさった訳ではないのですね」

「ええ。恐らくは、強制転移の主によるものよ」

クラウディアは目を細め、自らの指先を見詰めた。

（私の魔法が、対策されている）

「……」

ノアは眉根を寄せ、礼拝堂のある方を見遣った。

「もう一度、礼拝堂に行って参ります。姫殿下はここに」

「無駄よ。恐らく音楽会はお開きになって、きっともう誰も居ないはず」

それに、とクラウディアはノアの腕を引く。

「次は戦闘になるわ。戦うだけならいつでも良いけれど、ここは特殊な環境下だもの。生徒たちを守りながらとなると、準備が足りないわね」

「……」

目を伏せたノアは、素直に頭を下げる。

「姫殿下のお言葉に従います」

「いい子。それと、セドリック先輩の探し人だけれど」

先ほどのセドリックは、焦りに満ちた独白を零《こぼ》していた。

セドリックは、正体を隠した何者かを探している。そして彼には、それほど時間が残されていないようだ。

「消灯時間厳守の校則がある学院で、この時間にお部屋に居なかった悪い子が、そう何人もいるとは思えないわね？」

悪戯っぽくノアを見上げるが、ノアはクラウディアを見て呆れ顔だ。

「……姫殿下は、その探し人に心当たりがおありでしょう」

「あら。ノアもそうなのに」

くすくすと微笑みを零しつつも、ノアの手に触れて魔力を流した。

ぽんっと軽やかな音を立て、ふたりの体が子供の大きさに戻る。クラウディアはふるふると頭を振り、少し乱れた髪を直した。

「とはいえ確証は欲しいわね。それに実力行使に備えて、守りを任せられる人も必要だわ」

「任せられる人？　……まさか」

「ね。ノア」

「……」

にこっと微笑んで尋ねると、ノアは頷く。

「姫殿下の仰る通りかと」

「それではあの人にお手紙を書きましょう！　楽しみね。衣装にもこだわってもらわないと！」

ぱちぱちと拍手をしたあとで、クラウディアは寮へと歩き出した。

「帰りましょうか。抜け出したことが気付かれないうちにベッドに戻らないと、寮監に見付かったら叱られちゃうわ」

「姫殿下。本当に、寮のお部屋に戻られるのですか？」

「向こうが私に気が付いているのであれば尚更《なおさら》、これまで通りの生活を送る方がいいわ」

くすっと微笑んだクラウディアは、ローブの裾を翻して振り返る。

「たとえば敵が私を殺しに来るつもりでも、ね」

「――……」

＊＊＊

ノアと別れたクラウディアは、誰もいない女子寮の物置に転移した後、制服のローブから魔法で着替えた。

勿忘草《わすれなぐさ》の色をしたナイトドレスは、部屋を抜け出したときに着ていたのと同じものだ。続いて別の魔法を使い、何も無い空間からとある紙袋を取り出すと、それを抱えて足音を忍ばせる。

ぴたりと足を止めたのは、廊下を曲がったその先に、人の気配があったからだ。

「……」

クラウディアは紙袋を抱え直すと、今度は自然な歩調のまま、わざと無防備に飛び出した。

「きゃ……！」

「あっ！」

クラウディアとぶつかりそうになったのは、魔力の気配から想像していた通りの人物だ。

「フィオリーナ先輩！」

「クラウディアちゃん？」

クラウディアを抱き止めたフィオリーナが、きょとんと目を丸くする。彼女が身に纏っているのは、白いナイトドレスだった。

「消灯時間は過ぎているのに、どうしてこんな所へ？」

「ご、ごめんなさい！　フィオリーナ先輩！」

「まあ。ひょっとして、寮を抜け出そうとしていたのですか？」

「うう……！」

実際は帰ってきたところなのだが、それを隠して図星を突かれたふりをする。

「……『幽霊』の話を聞いたんです。怖くて眠れなかったけれど、ラウレッタ先輩に聞かせても怖がらせそうな気がして」

目を潤ませ、怯える子供そのものの演技でこう続けた。

「ノアに会いたいなって思ったから、ノアにお土産を持って抜け出そうとしました。でも、寮の外も真っ暗だったから、外に出られずに引き返してきたんです……」

「まあ。そうだったのですか？」

フィオリーナは少し考える素振りを見せたあと、にこりと微笑んだ。

「それではクラウディアちゃん。談話室で少しお茶を飲みましょう」

「フィオリーナ先輩と？」

「落ち着く香りのお茶を淹《い》れますね。そうすれば怖くなくなって、眠れるかもしれません」

「……」

クラウディアは笑顔を作り、嬉しそうに頷く。

「はい！　ありがとうございます、フィオリーナ先輩……！」

＊＊＊

そして向かった談話室は、寮の一階に作られた憩いの場だ。

フィオリーナの私物だという茶器で彼女が淹れてくれたお茶は、甘い香りと軽やかな口当たりを持つ、癖のない味わいのものだった。

クラウディアはそのお茶をゆっくり飲んだあと、ほうっと息を吐いて目を細める。

「……すごく美味しいです、フィオリーナ先輩！」

「まあ。気に入って下さってよかったです、クラウディアちゃん」

フィオリーナは満足そうに微笑みつつ、テーブルに両手で頬杖をついた。

「うふふ、とっても可愛い。クラウディアちゃんが美味しそうに飲んでくれているところを見ると、私も幸せな気持ちになりますね」

その穏やかな声音は、やさしく包み込んでくれるかのようだ。フィオリーナが同年代の生徒のみならず、下級生にも好かれていることに、違和感を抱く人物は少ないだろう。

「このカップも、クラウディアちゃんのイメージで選んでみました。可愛らしいのに上品で素敵でしょう？　カップとソーサーを重ねると、ほら」

「わあ！」

ソーサーに描かれていたのは、蔦《つた》のように細やかな模様だった。

そしてカップの側面に描かれているのは、美しい花の模様だ。

カップをソーサーに置くことで、別々に描かれていた絵が一体化し、薔薇園の景色を描いたようなものに変わる。

「可愛い……！」

「ふふ。それぞれ別々でも綺麗なのに、重ねることで一層美しいものに変化するなんて素晴らしいですよね。たくさん重ねて作り上げる……まるでお歌のハーモニーのようで、こういった仕掛けは大好きなのです」

「クラウディアも大好きになりました！　教えて下さってありがとうございます、先輩！」

クラウディアを見守るフィオリーナが、「よかった」と呟く。

「クラウディアちゃん、もう幽霊は怖くなくなったみたいですね？」

「あ！」

そうだった、と驚いたふりをした。そのあとでクラウディアは、照れ臭そうな演技をする。

「……でも、フィオリーナ先輩。お話し出来て嬉しいから、もう少しここに居てもいいですか？」

「まあ、もちろんですよ。お茶のおかわりはどうですか？」

「やったあ！　いただきます！」

「では、少し待っていて下さいね」

フィオリーナは嬉しそうに笑ったあと、茶器にまだ熱いお湯を注いでゆく。

そして、彼女にとってごく自然なことであるかのような様子で、小さく歌を歌い始めた。

「――――……」

クラウディアは先ほど、礼拝堂で歌声を聞いたときと同じ感想を抱く。

（……美しい歌だわ）

（誰かを誘うような歌。懐に手招き、受け入れて、そっと抱き締めるやさしい歌声……）

クラウディアは目を瞑った。その声を聞いていると、穏やかな眠りに落ちてしまいそうだ。

「先輩の歌、とっても素敵です。クラウディアもお歌を覚えたら、フィオリーナ先輩と一緒に歌ってみたいなあ……」

そう告げると、フィオリーナは嬉しそうな声音で言った。

「私も是非、クラウディアちゃんと一緒に歌いたいです。違う音階のハーモニーも、同じ音階を重ねる斉唱も素敵ですね」

「違うメロディを重ねるだけじゃないんですか？」

「色んな技法があるのです。クラウディアちゃんが音楽を始めたら、きっとあなたのお父君が色んな先生を付けて下さるんじゃないかしら」

フィオリーナはクラウディアを見下ろして、やや抑揚の少ない声音で言う。

「だって、お姫さまなのですものね」

「……」

クラウディアは差し出されたカップを受け取ると、微笑んだままフィオリーナに尋ねる。

「先輩もお姫さまなんですよね？　クラウディアとおんなじ！」

「……はい。皆さんには内緒にしていますが、本当はそうなのです」

フィオリーナは自らのカップを両手で包み、その温かさを手のひらに移すようにしながら、柔らかく目を閉じる。

「私とラウレッタは、とある国の国王陛下の血を引いておりまして」

「王さまの……」

「ラウレッタも制御が苦手なだけで、とても魔力が強いでしょう？　それにお勉強もよく出来る、王家の血筋に恥じない自慢の妹。ですが理由があり、私たちはいまはその身分を隠しているのです」

セドリックも以前言っていた通り、ラウレッタはとても優秀だ。『二年生にもかかわらず、八年生の問題をも容易く解く』というのは嘘《うそ》ではなく、その好成績のお陰もあり、魔法の授業にほとんど参加しなくても厳しい罰が与えられなかったらしい。

「先輩たちがお姫さまなのを内緒にしているのは、どうしてなんですか？」

「お父さまは私たちを守ろうとして下さっているのです。諸事情によって後《うし》ろ盾《だて》が無い身ですから、王女であることが気付かれて命が狙われないようにと。……私たちを愛して下さっているが故の、深いご配慮ですね」

フィオリーナはその言葉を大切そうに噛《か》み締めながら、自らの淹れたお茶を飲んだ。

「私が卒業するまでに、お父さまは迎えに来て下さいます」

「……」

フィオリーナはゆっくりとカップをソーサーに戻し、優雅に微笑む。

「ですから私、クラウディアちゃんと今のうちから仲良くしておきたく思いまして。クラウディアちゃんは本物の王女さまで、この学院には短期入学であり、すぐにアビアノイア国に戻るのですよね？」

「……はい、そうです。せっかくお友達が出来たのに、寂しいですが……」

「あら。私たちもこうして、仲の良いお友達になったではありませんか」

フィオリーナが首を傾げると、妹と同じ色の髪がふわりと揺れた。

「これから学院の外に出ても、『王女同士』仲良くしましょうね」

「ですが、フィオリーナ先輩」

クラウディアは少し心配そうなふりをして、フィオリーナのことを見上げる。

「ルーカスのことは、いいんですか？」

「まあ、クラウディアちゃんったら……！」

その途端、フィオリーナの頬がぱっと赤く染まった。

「ルーカスはそんな、その……!! ど、どうしてクラウディアちゃん、そのことを……?」

「えへへ。だってフィオリーナ先輩、ルーカスの前ではいつもよりもーっと可愛いですもん!」

耳まで赤くなったフィオリーナ先輩は、本当に可愛らしい。クラウディアが本心からの微笑みを浮かべていると、フィオリーナは俯《うつむ》く。

「実はお父さまが迎えに来てくださったあと……ルーカスとの婚姻を、おねだりしようと思っています」

「わあ! それってつまり、婚約ですか? だけどルーカスって、お姫さまとの結婚は出来ないんじゃ……」

「私、なんとなく感じているのです。ルーカスは身分を隠しているだけで、彼も王族の血を引いているのではないかと」

「ルーカスが?」

フィオリーナは人差し指をくちびるの前に翳し、小さな声で囁いた。

「特別クラスの魔力を持っている以上、きっとルーカスも高貴な血筋のはずです。これは想像なのですが、ルーカスの父君は王族で、一方の母君は身分の低い出身なのではないかと……たとえば、歌姫や踊り子のような」

(まさしく『私』がその生まれであることまでは、フィオリーナ先輩は知らないのね)

クラウディアは心の中で考えつつ、なるほどと驚いたふりをする。

「それなら、お姫さまのフィオリーナ先輩と結婚出来るかもしれないということですか?」

フィオリーナは恥ずかしそうに俯いたあと、こくりと頷いた。

「私を迎えに来て下さったお父さまは、きっと仰るはずです。『長い間、我慢をさせてすまなかった』と」

「……フィオリーナ先輩」

「『可愛い娘の恋ならば、ぜひとも応援してやろう』と。そのあと、学院を卒業したルーカスを私が迎えに行って、結婚式を挙げるのです。幸福が訪れると言われる満月の日に、みんなに祝福されて」

フィオリーナは嬉しそうにそう言って、ティーカップの中のお茶を見下ろした。

「そうなった暁にはラウレッタとも、仲良くお喋《しゃべ》りすることが許されるはずです。いまは近付いてはいけないけれど、きっと……」

「……フィオリーナ先輩。ラウレッタ先輩に近付いてはいけないというのは、一体誰が？」

「ふふっ」

フィオリーナは、美しい微笑みを浮かべて言う。

「それは、まだ秘密」

くちびるの前に翳された彼女の人差し指には、銀色の指輪が輝いていた。

＊＊＊

フィオリーナと別れたあとのクラウディアは、紙袋を手にして廊下を歩きながら、空中に指で線を書いていた。

その線は光り輝く文字となり、尾を引くように消えてゆく。これは手紙の機能を持っており、宛先は陸のアビアノイア国だ。

（伝言はこれでいいわ。あとは――……）

扉の前で立ち止まったクラウディアは、音を立てないよう慎重にドアノブを回し、そうっと部屋を覗き込む。

けれどもそのとき、ひとりの少女がクラウディアに抱き着いてきた。

「～～～っ！」

「わあ」

クラウディアを抱き締めたのは、同室のラウレッタだ。

クラウディアは驚いたふりをして、ラウレッタを抱き締め返しながら尋ねる。

「ラウレッタ先輩、どうしたの？」

「～～～っ、…………!!」

「あ！　ひょっとして起きたらクラウディアがベッドに居ないから、びっくりしちゃった？」

ラウレッタがこくこくと頷いた。彼女は涙目になっていて、拗《す》ねたようにクラウディアを見ている。

「ごめんなさい、ラウレッタ先輩。あのね、実はね……」

クラウディアは声を潜めると、魔法で取り出しておいた紙袋を開ける。

しゅるりとリボンを解いたら、バターを使った焼き菓子の甘い匂いが広がった。紙袋の中に入っていたのは、狐色《きつねいろ》の焼き色がついたクッキーだ。

「実はお腹が空いたから、ノアに頼んで焼いてもらったの。ラウレッタ先輩の分もある！」

「！」

「えへへ。先生たちに気付かれないよう、内緒のクッキーパーティーしましょ！」

そう言うとラウレッタは目を輝かせ、その頬を染めた。

（抜け出した目的が、呪い調査のための校内探索だなんて言えないものね。……フィオリーナ先輩と出会って、お茶を飲んだことも）

心の中でそう思いつつ、クラウディアはラウレッタと並んで寝台に座る。クッキーはこんなこともあろうかと、あらかじめノアに頼んでおいたものだった。

その味は二種類あり、プレーンとチョコレートだ。それぞれにチョコレートチップが練り込まれていて、うさぎの形と星形がある。

クラウディアとラウレッタは、それぞれ好きなクッキーを手に取るものの、それを自分で食べるのではない。

「せーの」というクラウディアの合図と共に、それぞれ相手の口へと放り込んだ。

「んー！」

「……っ」

ふたりで思わず頰を押さえ、クッキーの味を嚙み締める。

今回ノアが焼いてくれたクッキーは、焼き菓子というよりもまるで粉砂糖のような食感だ。口の中でほろほろと崩れる中、バターの風味と絶妙な甘さが広がった。

「……っ、ん！」

「美味しいでしょ美味しいでしょ？　ノアのクッキーはすごいの！　今日みたいなサクサクだけじゃなくて、しっとりもちもちクッキーのときもあるし、ジャムを挟んであるやつも！」

全力で従僕の自慢をしつつ、真夜中のお菓子を存分に楽しむ。

『ラウレッタ先輩が起きていたとき、部屋に居なかった理由を誤魔化すため』という名目で用意してもらったクッキーだが、我ながら本当に素晴らしい作戦だった。

「おいしい。……好き」

ラウレッタは小さな声で呟く。

このところ聞けるようになった彼女の声は、鈴のように可愛らしく、姉のフィオリーナによく似ていた。

「それにしても。ラウレッタ先輩は、どうして起きていたの？」

「……」

クラウディアが部屋を出たとき、彼女は寝息を立てていたはずだ。言いにくそうに俯いたラウレッタを見て、クラウディアはしゅんと肩を落とす。

「ひょっとしてクラウディア、先輩のこと起こしちゃった……？　ごめんなさい」

「!!」

そう言うと、ラウレッタは慌てて首を横に振った。

「ちが、う。クラウディア、起こしてない」

「じゃあどうして?」

「……」

ラウレッタは少し悩む様子を見せながらも、おずおずと口を開く。

「お姉さま、が」

「フィオリーナ先輩?」

「歌ってた、から。……呼んでるの」

ラウレッタの小さな小さな声は、ほとんど独り言のように響く。

「フィオリーナ先輩が歌っていると、ラウレッタ先輩は行かなきゃいけないの?」

尋ねると、ラウレッタは肯定を示して頷いた。

「それは、お歌を聞きに行くため?」

「……」

今度はそっと俯き、否定とも肯定とも取れない反応が返ってくる。

(やはりあのとき、礼拝堂で歌っていたのは——……)

クラウディアは目を伏せると、先ほどのフィオリーナを思い出す。

『それは、まだ秘密』

微笑んだフィオリーナの人差し指には、銀色の指輪が嵌められていた。

上品なデザインだが古めかしくもあり、長い時間を受け継がれてきたような指輪だ。

（フィオリーナ先輩の指にあったのは、紛れもなく呪いの魔法道具だったわ）

けれど、それを暴くのはまだ時期尚早だ。

クラウディアは顔を上げて、俯いたラウレッタに微笑み掛ける。

「ねえ、ラウレッタ先輩」

「？」

そして笑みの形を作ったまま、ラウレッタにそっと囁いた。

＊＊＊

それから一週間ほどが経つ間、クラウディアとノアはこれまでと変わらない学院生活を送っていた。

クラウディアの考えをノアに話した際も、ノアはそれほど驚いた様子を見せず、ただ「そうですか」と呟いただけだ。

呪いの主が見付かったからといって、すぐに動くのは得策でないということを、ノアもこの四年で理解している。

呪いの魔法道具は、主の強い願いが発露したあとでなければ、上手く砕くことが出来ないのだ。

だからこそノアとクラウディアは、毎日健やかに食べて勉強をした。

学院の生徒たちもそれは同様で、この辺りの海域から『船が消える』という怪異が起きていなければ、平穏な日々そのものである。

けれども今日は、特別だ。

生徒たちの転入は時々あれど、教師陣の顔触れはほとんど変わらない学院に、臨時教師がやってきたのである。

「もう、せっかく授業が早く終わったのに！　見学希望の生徒が溢れて、特別クラスの使ってる講堂に入れないなんて……！」

講堂の周辺は人垣に囲まれているようで、ちょっとした騒ぎになっていた。

「あっちの窓に回り込んだら、少しは見えるんじゃないかしら!?」

「そこにいるの中級クラスの生徒だろ、そろそろ交代しろよ！　こういうのは俺たちみたいな上級以上のクラスが聞いてこそ意味があるんだぞ！」

「静かに!!　漏れ聞こえる声の邪魔になるだろ！」

そんな大声の聞こえる中、その臨時教師は溜め息をつく。

銀色の美しい髪を後ろで結い、手に魔導書を携えたその人物は、普段は掛けていない眼鏡のブリッジを指で押さえていた。

なんだか頭の痛そうな彼に向かって、見学者の最前列に座ったクラウディアは大きく手を振る。

「カールハインツせんせえ、頑張ってー！」

「……姫殿下……」

そんなカールハインツのことを、特別クラスの生徒であるノアは、ほのかに同情したまなざしで眺めていた。

＊＊＊

「卒業生としてのお仕事お疲れさま、カールハインツ！　眼鏡もよく似合っていたわ、百点満点よ！」

「……お褒めにあずかり光栄です、姫殿下……」

応接室のふかふかしたソファに腰掛けて、クラウディアはぱちぱちと拍手をした。

向かいに座るカールハインツは、生徒たちに揉《も》まれて疲れ果てた顔をしている。なんとも生真面目な話だが、授業後に押し寄せてきた生徒ひとりひとりの質問すべてに答えていたので、精神的な疲れが出たのだろう。

「私の作戦通りだったわね。適当な口実でカールハインツを呼び出すだけでは、用件が済んだらすぐに追い返されていたはずだわ。学院に留《とど》まってもらうには、臨時講師として来てもらって正解ね。ねえノア」

「アビアノイア国の筆頭魔術師ということもあり、教師陣の食い付きも良かったですね。卒業生が母校の後輩のために講義をしに来ることは、これまでにも時折あったようですし」

「カールハインツは生徒からも大注目よ。見た目も二十代半ばくらいに見えるからか、八年生のお姉さんたちがいまにも求婚しそうな雰囲気だったわね」

クラウディアがにこにこ言う正面で、カールハインツはますます深く俯いた。

「疲労回復のお茶でもお淹れしましょうか？　カールハインツさま」

「……頼むノア。改めまして姫殿下、こたびのご命令についてですが……」

ノアが魔法でお茶の用意をしている間、カールハインツは手早く応接室に防音魔法を掛ける。辺りに人の気配は無いが、念のためといったところだろう。

「まずは、レミルシア国の件のご報告から」

「ええ。お願いするわ」

ノアの故国の名前が出て、椅子に掛けたクラウディアは悠然と微笑んだ。

（ノアがレミルシア国の王族に関係していることを、カールハインツは恐らく察しているでしょうけれど）

信頼に足る筆頭魔術師は、それについて深く探ったり、改めて尋ねてきたりするような真似はしない。

ノアはクラウディアの従者であり、絶対的な忠誠を誓っている、その事実だけで十分だと考えているのが伝わってくる。

「レミルシア国の王太子殿下は、確かにこの学院に通っているようです。ただし、公には広められていない様子でした。安全性を高めるため、通っている間は素性を伏せておき、卒業後に経歴を出すことは珍しくありません」

「そうね。結界の外側からは守られていても、内側が安全とは限らないもの」

「そして密偵によると、王太子ジークハルト殿下は、じきに学院をやめて戻ることになっているようです」

その言葉に、カップを並べていたノアが眉根を寄せる。

「レミルシア国の王子さまは、これまでずっと学院で学んできたのでしょう？　卒業を待たずにやめちゃうなんて、勿体無いわね」

「なんでも、王室の決定があったとか」

「決定？」

クラウディアは目を眇める。

あの国の国王であるノアの叔父は、そんな決定を下して息子に告げることも出来なくなっているはずだ。

「レミルシア国の筆頭魔術師が、国王陛下に代わって決議なさったとか」

「……」

クラウディアが思い出したのは、先日セドリックが呟いていた言葉だ。

『くそ。この学院にもあまり長居出来ないというのに、僕は一体何をやっているんだ……！』

（……あの焦りと苛立ちは、レミルシア国筆頭魔術師の決定というのが原因ね）

これではっきりと分かった。

（レミルシア国の王太子さま。ノアの従兄弟であるジークハルトは……）

ノアの淹れてくれたお茶が、クラウディアの前に置かれる。お礼を言ってカップを手にしたクラウディアに、カールハインツが一枚の紙を差し出した。

「続いてこちらが、姫殿下の兄君おふたりにお話があったお見合いの一覧です。ご要望通り、これまでにお話があった全件のお相手のうち、王族筋のものを纏めさせています」

「こんなに沢山。にいさまたちは大人気ね」

それもそのはずで、アビアノイア国はこの世界でも有数の大国だ。

同盟関係や後ろ盾を得るために、ほとんどの国から申し込みがあると言っても過言ではない。これは言うなれば、世界各国にいる年頃の姫君のリストである。

「カールハインツ。この中から更に絞り込んだ一覧を作りたいのだけれど」

「追加のお手紙でいただいた条件を満たすものについては、こちらに作成しております」

「ふふ。さすがね」

クラウディアが受け取ったのは、先ほどよりも随分と名前の減った一覧だ。

「伝統的に、精神操作や空間魔法を得意とする王族の血筋であること。海に面した国であること。ここまでの条件に当てはまるのは、その紙の上段に記載した方々となります。そして最後の条件――」

カールハインツはティーカップを手にしたまま、クラウディアを見据えて口にする。

「月の満ち欠けで吉兆を占う伝統がある国の姫君は、下段の方に」

「月……」

ノアがぽつりと呟いて、クラウディアの手元に視線を向ける。

「姫殿下。これらの条件は一体、どのような理由で？」

「……礼拝堂で見た会衆席の面々。あれは恐らく、消えた船に乗っていた船乗りの一部よ」

クラウディアは目を閉じて、ふかふかした革張りの背凭《せもた》れに身を預けた。

「表情の虚《うつ》ろさが物語るように、彼らは魔法によって洗脳されていた。あれは精神操作の魔法で間違いないわ。それから、乗員が居るということは」

「船は海中に引き摺《ず》り込まれたのではなく、この学院……結界の中にあるということですね」

「大きな船を何隻も仕舞う、そんな魔法を使っているはず。中に居た人たちを生かしたままというのなら、高度な空間魔法よ」

ゆらゆらと子供っぽく足を揺らしながら、クラウディアは言葉を続ける。

「フィオリーナ先輩はルーカスとの結婚の夢を語る際、満月の日を吉日だと話していたわ。船が消えるのも満月だから、呪いに繋がった『強い願い』は、船と満月に纏《まつ》わるものだと思うの」

「それで『海のある国』を条件に？」

「たとえ海のない国でも、海を希望の象徴にすることは珍しくないけれど。そういった国で作られる海の寓話《ぐうわ》や戯曲は、海そのものを希望とするものが多いの。『船』はそれよりもっと具体的で、目的がはっきりしているわ」

「呪いの主は、船を使った目的がある、ということですね」

ノアに頷いたクラウディアは、手元に書かれた紙を見詰める。

「ここに書かれたふたりのお姫さまの名前は、フォルトゥナータとリオネイラ。……恐らくはフィオリーナ先輩とラウレッタ先輩の、本当の名前ね」

「……やはりあのふたりは、『姉と妹』と単純に言い切れる関係ではなく……」

ノアが眉根を寄せたとき、カールハインツがこう尋ねてきた。

「姫殿下。この学院で、問題なく休養は取っておられますか？」

「あら。もちろんよ、どうして？」

「呪いに関することだけではなく、先ほどのレミルシア国の王太子の件でもなにやら調べていらっしゃるご様子でしたので。ノア、姫殿下の体調に常日頃から気を配っているのだろうな？」

「当然です。……力の及ばない面も多々あり、歯痒《はがゆ》いですが」

心配性の筆頭魔術師に、クラウディアはくすっと笑う。

「大丈夫。眠くなったらすぐにノアに抱っこしてもらっているもの、ねえノア？」

「俺としては、そのような事態になる前にお休みいただきたく」

「それにカールハインツ、なにも私は無関係な調査にまで手を広げている訳ではないのよ？　これらの件は、そうね」

先日、フィオリーナに淹れてもらったお茶のことを思い出しながら、クラウディアは微笑む。

「言うなれば、重なっているの」

「重なり、ですか？」

カールハインツが訝《いぶか》るので、ゆっくりと頷いた。

「歌声のハーモニーのように。あるいは、絵合わせのあるカップとソーサーのように」

「……？」

クラウディアは顔を上げ、にこっと朗らかな笑みを浮かべる。

「カールハインツが不思議に思うのも無理はないわね、だってこれまでの調査に同行していなかったのだもの。安心して、次の満月までにみっちり情報共有してあげるから！」

「お待ち下さい姫殿下。次の満月とは？」

「それからノア、セドリック先輩にお手紙を書くわ。届けてくれる？」

こうしてクラウディアは、呪いを砕くための準備を始めるのだった。

＊＊＊

八月も終わりに近付いて、今夜は待ちに待った満月の日だ。放課後、フィオリーナは廊下を歩きながら、浮き足立つのを我慢出来なかった。

（だって、ずっとこの日を待っていましたから）

いつもはたくさんのお友達と一緒に歩いているが、今日はひとりで学院長室の方へと向かう。

途中の廊下で出会った生徒たちに手を振りつつも、柔らかな歌を口ずさんでいた。

歌はフィオリーナの宝物だ。子供の頃、母はフィオリーナとラウレッタの頬を撫でながら、こんな風に微笑んでくれていた。

『いつもそんな風に歌っていてね。私に似た歌声はいつか、お父さまがふたりを迎えに来るときの目印になるのですよ』

『お父さまが、私とラウレッタを……？』

『きっとまた満月の日に、あの日のような美しい船に乗って……だからお願い。歌えなくなったお母さまの代わりに、歌い続けていてほしいの』

『はい、お母さま……!!』

母の言っていたことは本当で、数年後にフィオリーナたちの下には迎えが来た。

真新しい帆を張った美しい船は、小さな島に隠れていたフィオリーナたちを乗せてぐんぐん進み、大きな街に連れ出してくれたのだ。

あの日もやはり満月だった。昼間の青空に浮かぶ白い月が、向こうに見える城の尖塔に重なっていたのを覚えている。

『あれが私たちの、本当のおうちなのですか？』

フィオリーナは目を輝かせた。亡くなった母が言っていた通り、母に似た歌声を響かせていれば、父が迎えに来てくれるのだ。

そして、お姫さまのような暮らしが待っている。

（そのはず、でしたのに）

フィオリーナたちはすぐに、海の底にある学院に入学するよう命じられた。

『宰相閣下、教えて下さい。いつか、いつかお父さまが迎えに来てくださるのですよね？』

『ええ。その通りですよ、フォルトゥナータさま』

本当の名前として付けられていた『フォルトゥナータ』には、いつまで経っても馴染めないままだ。

フィオリーナにとっては、母の呼んでくれていた『フィオリーナ』の名前の方が、自分のものとしての実感があった。

それはきっと、リオネイラと名付けられていた妹のラウレッタにとっても同様だっただろう。

『……学院に入学いたします。ですが、いくつかお願いを。月に一度だけ、満月の日には、お父さまからのお手紙をいただきたいのです』

『もちろん陛下にお伝えいたしましょう。陛下はご多忙ですので、必ずというのは難しいかもしれませんが……愛娘《まなむすめ》であらせられるおふたりのために力を尽くされることでしょう』

『ありがとう、ございます。……それから、妹のラウレッタ……いいえ、リオネイラのことで……』

あれから時が経ち、フィオリーナにとっては今年が卒業の年になる。

（満月の今日は、四年前にお母さまが亡くなった日でもあります）

母がいなくなった日の心細さを思い出すと、いまでもずきりと胸が痛んだ。

（だからこそ今日のお手紙には、きっとこんな風に書いてあるはず。『長い間遠ざけていてすまなかった、父がふたりを迎えに行くよ』と――……）

学院に宛てた手紙や荷物は、大きな船に乗せられて、学院の真上に位置する海域へとやってくる。そこから転移魔法を使い、積荷を学院に飛ばすのだ。父の手紙を載せた船について想像しながら、フィオリーナは学院長室の前で立ち止まる。

この学院に転移される荷物はすべて、一度学院長室に運ばれることになっていた。中身を読まれるということはないが、荷物や手紙に紛れて妙なものが交ざり込んでいないか、学院長の魔法によって調べられるのだ。

「失礼いたします。スヴェトラーナ学院長先生」

「あら、フィオリーナさん。こんにちは、どうかなさったの？」

「……？」

そんな風に尋ねられて、フィオリーナは内心で違和感を覚えた。

（どうかなさったの、だなんて。学院長先生ったら、私宛てのお手紙を検分なさっているはずなのですから、それについて教えて下さってもいいはずですのに……）

そんな風に考えながらも、表面上は穏やかな笑みのまま口を開く。

「放課後にごめんなさい。学院長室の近くまで来たものですから、いつも音楽室を個人練習に使わせていただいているお礼をしたかったのです」

「まあ。そんなことならお気になさらずとも……才能溢れる生徒さんをお預かりしているのですから、それくらいの配慮は当然ですとも。あなたのお父君には、たくさんの寄付金をいただいておりますしね」

「せ、先生。あの」

ぎこちなさを出してしまいながらも、フィオリーナは学院長に尋ねた。

「寄付金といえば、音楽大国カトネイシャ国の王子殿下に先日、学院へいただいた寄付金のお礼状を出しておりまして。もしもお返事が来ているようでしたら、すぐにでもまたお手紙を出さなくてはなりませんが、いかがでしょうか？」

「あら。心配なさらずとも、大丈夫ですよ」

学院長は至極当然のような顔をして、こう答える。

「カトネイシャ国だけでなく。フィオリーナさん宛てのお手紙は、このところ届いていませんから」

「……はい？」

学院長は、一体何を言っているのだろうか。

咄嗟《とっさ》にそんなことを考えてしまい、フィオリーナは笑顔のまま聞き返した。

「先生。もう一度よろしいですか？」

「……？　ですから、カトネイシャ国からのお手紙は来ていません。他の音楽団体の方々からも特にありませんので、お礼状や返信などに気を配る必要はありませんよ」

「で、では！　他に私宛てのお手紙はいかがでしょう？　あの、たとえばお父さ……」

「直近で学院に届いたお手紙は、アビアノイア国の国王陛下が、クラウディア姫殿下に宛てたものだけです」

「…………」

笑顔が取り繕えなくなり、だらんと両手の力が抜けたフィオリーナは、静かな声でこう答えた。

「……クラウディアちゃんには、お父さまからのお手紙が届いたのですね」

「フィオリーナさん？」

「失礼いたしました。学院長先生」

フィオリーナはそれだけ言うと、学院長室を飛び出した。

大人たちの言うことはよく聞いてきた。こんな風に廊下を走るなんて、生まれて初めてのことだ。

いけないことだと分かっているのに、止められない。

(何故《なぜ》なのですか？　……どうして、何故、どうして。お父さまは……)

涙が溢れそうになり、それを手の甲で拭おうとした。そのとき誰かにぶつかって、フィオリーナは悲鳴を上げる。

「きゃ……！」

「フィオリーナ？」

「ルーカス!!」

受け止めてくれた青年の姿に、悲しみが一瞬だけ掻《か》き消された。

「どうしたんだ。ひょっとして、泣いてるのか？」

「あ……私ったら、ごめんなさい」

フィオリーナは慌てて目元を拭う。するとルーカスはやさしい手で、フィオリーナの頭を撫でてくれた。

「よしよし。泣き止め、いい子だから」

「……もう。私は、小さい子供じゃありません」

拗ねた口ぶりでそう言ってしまう。ルーカスは、普段はみんなの頼れる兄といった振る舞いなのに、時々こうして子供っぽい態度を取ってきた。

けれど、ルーカスの屈託ない笑顔とほんの少しの意地悪は、フィオリーナの胸をときめかせるものだった。

「ルーカス。実は今日、お父さまの手紙が……」

そう告げかけて、フィオリーナは言葉を止める。

「お父君？　君の国の国王陛下が、どうかしたのか」

「――ルーカス。その手に持っている書類は、なんですか？」

「ん？　ああ」

ルーカスは手にした紙を見下ろして、小さく笑った。

「これは、卒業試験の申請書だ」

「……そつぎょう？」

言っている言葉の意味が分からず、フィオリーナは無表情で瞬きをする。

「僕の単位はもう足りてるからな。これにさえ合格すれば三月を待たず、早期卒業を果たすことが出来る」

「ルーカス。卒業って、一体」

「卒業したら、求婚するつもりなんだ。幼い頃から恋焦がれていた相手に」

フィオリーナとルーカスが出会ったのは、互いに十五歳であった三年前だ。

幼い頃からの顔馴染みではない。ルーカスは嬉しそうにフィオリーナを見て、屈託のない笑みを浮かべた。

「僕の片想いが成就するよう、フィオリーナも応援してくれないか？」

「――……」

その瞬間、フィオリーナの目の前が真っ暗になる。

へなへなと座り込んだフィオリーナは、小さな声で呟いた。

「……早く船を、引き留めませんと」

「フィオリーナ」

自らの体を抱き締めながら、震えるくちびるで繰り返す。

「お父さまの手紙を載せているはずの船。もしかしたらお父さまが乗っているかもしれない船。船を、留めなきゃ、この海に――……！」

第4章

「！」

耳の奥に強い衝撃を感じたのは、クラウディアがノアと教室を出ようとした放課後、もうすぐ満月の夜を迎えようという夕刻のことだった。

「姫殿下。これは……」

「――……」

クラウディアは咄嗟《とっさ》にノアに庇《かば》われながら、廊下の窓を見上げる。

結界の外では、いつもなら優雅に海藻を啄《ついば》んでいるはずの魚たちが、大急ぎで遠ざかっていくところだった。

「きゃあああっ!!」

廊下の向こうで叫び声が聞こえ、生徒たちがばたばたと倒れてゆく。

耳鳴りのような高い音が鼓膜を刺し、針でも押し込まれたかのようだ。ノアは片手で耳を塞ぎ、顔を顰《しか》めつつも、クラウディアとノアの周りに結界を張った。

「ありがとう、ノア」

「呪いが発動されたようです。想定よりも数時間早い」

「もう。あれほど満月の『夜』にこだわっていた歌姫さまなのに、気まぐれね」

クラウディアたちの周囲には、無事に立っている生徒は居ない。海との結界が、音に共鳴してびりびりと震えている。

結界のその振動はみるみるうちに大きくなり、地響きのような音を立て始めた。

みんな気絶しているが、意識があれば悲鳴の渦だっただろう。結界はどうやら外にある、何か巨大なものを引き摺《ず》り込もうとしているようだった。

たとえば大きな船のような、そんな塊を。

「このままでは結界が砕け散ります。俺が外に――……」

「平気よ、ノア」

従僕の行動を言葉で制し、クラウディアは微笑《ほほえ》む。

「想定より少し早かったけれど、当然対処はしているもの。……我が国が誇る筆頭魔術師であり、この学院の臨時教師がね」

「………………」

クラウディアが言い切った瞬間に、結界が強い光を帯びた。

その途端ぴたりと振動が止まる。脆《もろ》くなっていた建物が、内側からしっかり補強されたかのような静けさだ。

「ふふっ。さすがはカールハインツ先生だわ、頼もしい」

「恐らく今頃は職員室で、頭を抱えていらっしゃると思いますが……」

ノアは僅かに同情した声で言いつつも、クラウディアを見遣《みや》る。

「呪いの主の居場所は、探るまでもありませんね？」

「ええ。恐らくだけれど、もうすぐ……」

クラウディアが辺りを見回したとき、倒れていた生徒たちがおもむろに起き上がった。

けれどもそれは、意識を取り戻した訳ではない。女子生徒も男子生徒もみんな床に跪《ひざまず》き、とある方角に向かって頭を垂れている。

その姿はやはり、主君に忠誠を捧《ささ》げる臣下のようだった。

「……礼拝堂の方角ですね」

「ノア。大人の姿になる魔法を掛けてくれるかしら？」

先日何者かによって強制転移させられた際、クラウディアの魔法が解除された経緯がある。そのためクラウディア自身が魔法を使うのではなく、ノアの魔法で姿を変えた。

同じく大人の姿になったノアが、クラウディアに手を差し出す。

「転移します。お手を」

「ええ。行きましょう」

ノアとしっかり指を繋《つな》いで、クラウディアは目を閉じた。

結界の外では、生き物たちのいなくなった深海の青色が、少しずつ夜の黒に染まり始めている。

＊＊＊

礼拝堂の前に降り立つと、スカートの裾がふわりと翻った。

ミルクティー色の髪を手で払ったクラウディアは、後ろのノアに告げる。

「くだんの魔力への警戒をお願い」

「お命じになるままに。……扉を開けます」

押し開かれた扉の中から、眩《まばゆ》い光が溢《あふ》れ出した。

中からは歌が聞こえている。

その歌声は、先日この礼拝堂で聞いたのと同じ声であり、お茶を淹《い》れながら聞いていたフィオリーナの歌声とも同じものだ。

そして礼拝堂の最奥では、先日同様こちらに背を向けて、ひとりの女性が歌っていた。

「改めまして、こんばんは」

「――――……」

クラウディアの言葉に反応し、美しい歌声が止《や》む。

彼女がこちらを向く気配はない。だからクラウディアは微笑んだまま、赤い絨毯《じゅうたん》の敷かれた道を歩いてゆく。

「今日は聴衆が居ないのね。独り占めしたいほどの歌声だから、他に誰もいなくて嬉《うれ》しいわ」

「…………」

「あなたのお歌はとても素敵。――先輩」

クラウディアは柔らかくそう告げた。

その女性の身長は、大人の姿をしたクラウディアとほとんど変わらない。すらりと長い手足は華奢《きゃしゃ》だが、大人の女性らしい曲線もしっかり描かれている。後ろ姿からもおおよそ推測出来る通り、彼女の年齢は十八歳で間違いないだろう。

女性がゆっくりと振り返る。

波のような紫色の髪が、その動きに合わせてふわりと揺れた。重たげな長い睫毛《まつげ》に縁取られた瞳は、茫洋《ぼうよう》とした光を帯びている。

そこに立っていたのは想像通り、フィオリーナの顔をした少女だ。

「クラウディア……ちゃん」

「大人の姿をした私のことを、先輩はそんな風に呼んでくれるの？」

クラウディアはくすっと笑った。だが、対峙《たいじ》する彼女の表情は動かない。

「たとえ同一人物の顔であっても、大人の顔と子供の顔では、案外別人に見えるもの。私の父が幼かった頃の肖像画を見ても、父さま本人だって結び付かなかったことがあるわ」

「……」

「大人の姿をした私を見て、普通はすぐに『十歳の王女クラウディア』だとは気が付かない。この時代には外見の年齢を操作する魔法が伝わっていないのだから、それは尚更《なおさら》よ」

だからこそクラウディアとノアは、簡単な潜入で変装する際に、大人になる魔法を重宝する。

「けれど先輩は、ちゃんと私だって気付いてくれたわね？」

「……」

クラウディアが首を傾《かし》げると、さらさらしたミルクティー色の髪が溢れてゆく。

「気付くはずだわ。だって先輩たちにとっては、年齢を操作する魔法も珍しくない」

「…………」

「そして外見の年齢が変われば、たとえ『全く同じ顔であろうとも、印象が変わってよく似た別人の顔に見える』ことだって知っていた」

礼拝堂の入り口では、クラウディアの背中をノアが見守っている。

クラウディアはその視線を受けながらも、正面に立っている、十八歳ほどの女性を見据えた。

「あなたは十一歳の二年生じゃない。十八歳であるフィオリーナ先輩の、双子の妹」

そう告げて、歌を歌った少女に問い掛ける。

「そうでしょう？　――ラウレッタ先輩」

「…………」

静かに目を細めた顔に、クラウディアの知っているラウレッタのあどけなさは無い。

ラウレッタは、姉であるフィオリーナとまったく同じその顔で、クラウディアのことを見詰めている。

「……違う」

静かな声が、礼拝堂に響き渡る。

「私は、ラウレッタじゃない」

「ラウレッタ先輩は、嘘《うそ》が下手だわ」

クラウディアが穏やかに微笑むと、ラウレッタはむっとくちびるを結んだ。

「二年生であるラウレッタ先輩は、八年生の授業の問題もすらすら解くことが出来るわよね。フィオリーナ先輩も、セドリック先輩もそう言っていたわ」

「……ラウレッタが十八歳だと思った理由は、たったのそれだけなの？」

「ふふ。まさか」

そのこともヒントのひとつではあったものの、この事実で結論を出した訳ではない。クラウディアはひとつずつ、ラウレッタに説明することにした。

「ラウレッタ先輩とフィオリーナ先輩の魔力は、あまりにも性質が似ているもの。この私が、呪いの名残となる歌を聞いても尚、どちらの魔力なのか判別が難しかったほどに」

「……」

「この礼拝堂で、先日聞いた歌声もそう。フィオリーナ先輩の声にもラウレッタ先輩の声にも聞こえてしまって、やっぱり判別出来なかった」

クラウディアはあのときのことを思い出しながら、ラウレッタに説明を続ける。

「きっと、あの夜にお顔を見ることが出来ていても、姉妹のどちらであるかは分からなかったでしょうね」

「…………」

ラウレッタのその顔は、フィオリーナと本当に瓜二《うりふた》つだ。

双子でも顔立ちが異なることはあるだろうが、ふたりは表情が違うだけだった。

「とある成績優秀で教師の信頼も厚い先輩に、フィオリーナ先輩が転入してきた三年前のことを調べてもらったわ。すると当初は同じ五年生に、ふたりの転入生がやってくるはずだったことが分かったの」

「……」

「けれども『入学手続きの際の手違い』として、急遽《きゅうきょ》ひとりは取り消しになっていたわ。その取り消しになったひとりというのが、本当は姉と同い年である双子の妹……ラウレッタ先輩じゃないかしら」

そんなクラウディアの問い掛けに、ラウレッタはゆっくりと口を開く。

「……違う。わざわざ、双子であることを隠す理由、ない」

「偽装の目的は、周りに双子であることを秘密にすることそのものではないものね」

「！」

ラウレッタの肩が跳ね、その瞳が丸く見開かれた。

「あなたたちが双子であることを隠したのは、『普段は双子として過ごしたくないから』というのが理由ではないかしら？」

「……っ、ちが……」

「もうひとつ付け加えるならば、『常に瓜二つでは困るもの』がある。だからこそ、双子の片方の外見年齢を操作して、本来の年齢相応のものとは変えたかったのでしょう?」

クラウディアは、そっと自らの喉に触れる。

「——あなたたちは、ふたりのうちどちらかの『声』を変えたかった」

「……!!」

そのとき、ラウレッタの顔が青褪《あおざ》めた。

「……違う。そうじゃない、私たちは」

「あなたにそれを言い付けた人は、もう隠す気はないみたい」

「!」

ラウレッタがはっと息を呑《の》んだ。

クラウディアがゆっくりと振り返れば、ノアが守っていた礼拝堂の入り口には、いまのラウレッタと瓜二つの女性が立っている。

「こんばんは、フィオリーナ先輩」

「……クラウディアちゃん……」

フィオリーナが礼拝堂の中に踏み込もうとすると、ノアが静かに声を発した。

「それ以上、姫殿下にお近付きになりませんよう」

「————……」

普段の微笑みを消したフィオリーナが、無表情でノアを睨《にら》み付ける。

こうして顔から感情を消せば、フィオリーナとラウレッタはやはり瓜二つだ。

「招待状の時間よりも早く来てしまってごめんなさい、先輩」

「……いいのです。想定よりも早く始めてしまったのは、私の方ですから」

フィオリーナはくちびるだけで微笑みを作るが、その目はまったく笑っていない。

「クラウディアちゃんが随分と大人っぽい姿をしているから、最初は別人だと思ってしまいました。それに、双子であることを気付かれていたなんて、外から聞いていて驚きましたね」

「っ、お姉さま……?」

「もういいのです。ラウレッタ」

妹が貫き通そうとしていた嘘は、姉によって容易《たやす》く真実を引き摺り出されてしまった。ラウレッタはそのことに動揺したようだが、フィオリーナはラウレッタの方を見ない。

「それよりもどうして私たちの目的が、片方の声を変えることだと推測したのですか？」

「ふふ。……フィオリーナ先輩は、私にお茶を淹れて下さいましたね」

姉妹の間に立ったクラウディアは、目を細めつつフィオリーナに答える。

「ティーカップとソーサー。ふたつを重ねることで完成する、本当の図柄」

「……」

「あのときこうも仰《おっしゃ》いました。誰かと歌を歌うときは、異なる音階を調和させるハーモニーもあれば、『まったく同じ音階の歌声を重ねる』斉唱の技法もあると」

そう話すと、フィオリーナの顔から再び笑みが消える。

「ラウレッタ先輩が一年生のときの魔力暴走は、フィオリーナ先輩が夜にお部屋を訪ねて起こったものなのですよね？」

「……それが、どうかいたしましたか？」

「ノア」

クラウディアが目を向けると、ノアはフィオリーナを牽制《けんせい》したまま頷《うなず》いた。

「外見の年齢を変える魔法は、ずっと保てる訳ではありません。ラウレッタはそのとき、本来の十八歳の姿に戻っていた可能性があります」

ノアは続いて、ラウレッタのことも鋭いまなざしで見据える。

「姫殿下の転入初日、ラウレッタが部屋から追い出そうと魔法を使ったのも、魔力暴走への恐怖心や人見知りだけが理由とは考えにくいかと。……セドリックの話にあった『結界を脅かす』という規模の魔法であれば、寮の同室であろうと別室であろうと、被害に遭うことは防げませんから」

転入初日の夜、クラウディアとラウレッタはこんな会話を交わしていた。

『ラウレッタ先輩も、クラウディアが魔法で怪我《けが》をしなければ、一緒のお部屋にいるのは怖くない？』

『少し、だけ』

ラウレッタが怖かったことは、他にもあったのだ。

「ラウレッタ先輩は、定期的に魔法が解けて大人の姿に戻ってしまう。目撃されることを防ぐため、寮の部屋では極力ひとりで過ごそうとしたのではありませんか？　けれど、フィオリーナ先輩が何らかの理由でラウレッタ先輩の部屋を訪れていたときに、『条件』が揃《そろ》ってしまった」

「……」

ラウレッタの持つ声には、特殊な魔法の性質がある。呪文の形を取らずとも、クラウディアの名前を呼ぶだけで、それが詠唱と見做《みな》されるものだ。

恐らくは双子の姉のフィオリーナにも、同様か類似した性質があるだろう。

「まったく同じ声を持つ、双子の姉妹。呪いの発動条件は、『重ねる』こと」

「……るさい」

「あなたたち双子が斉唱し、その声を重ねると、強大な魔法が発動する」

「うるさいと言っているんです……!!」

「お姉さま……!!」

フィオリーナが俯《うつむ》いて、自らの耳を両手で塞いだ。

ラウレッタがそれを案じるように、思わずといった様子で手を伸ばす。その指に輝いているのは、銀色の指輪だ。

ラウレッタの指輪を見付けたノアが、息を呑んでからフィオリーナを見る。

フィオリーナのその指にも、よく似た指輪が輝いていたからだ。

「呪いの魔法道具。やはり」

その指輪は互いに、左右を反転したような造りをしていた。

「あれは、対の指輪か……!!」

「……ふたつでひとつ。ひとり分だけの歌声には、呪いの魔力を帯びないのだわ」

それこそがフィオリーナの歌声に、教室に、呪いの痕跡を感じ取れなかった理由なのだろう。

「ノア。警戒を強めて」

わざと周りに聞こえるように、クラウディアはノアにそう命じた。そのあとで、改めて言葉を続ける。

「ごめんなさい、フィオリーナ先輩。……本当はこれ以上暴かずに、終わりに出来たらよかったのですが」

「……？」

発言の意味が分からなかったのか、フィオリーナが訝《いぶか》る様子を見せる。

「どういう、ことですか？」

「登場人物が足りていません。ここまでのお話には、あなたたちが双子であるのを偽れた最大の要因が出て来ませんから」

「……」

その瞬間、フィオリーナの表情がますます強張《こわば》った。

「……なんのことでしょう？　ラウレッタが子供の姿になれるのは、私たちの魔法によるものですが」

「それも嘘。あなたたちが自由にその魔法を使えるのであれば、ラウレッタ先輩が大人に戻ってしまった上、その際に魔力暴走の事故を起こしたりしていないはずですよね？」

「……！」

くすっと笑ったクラウディアは、人差し指をくちびるに当てる。

「年齢操作の魔法を使えるのは、あなたたち姉妹のどちらでもない」

「……ラウレッタ！」

フィオリーナはあからさまな焦りを見せた上で、妹に命じた。

「歌いましょう、先ほどと同じ讃美歌《さんびか》を！」

「で、でも」

期待した通りの反応を前に、クラウディアは告げる。

「ノア。彼女たちに詠唱阻止の魔法を掛けて」

こう命じれば、『その人物』は必ず妨害しに来ると確信していた。

（……想像通り、ここに来たわね）

ノアが詠唱しかけた瞬間に、案の定それは遮られる。

ノアの頭上、礼拝堂の天井付近に広がった転移魔法の光から、ひとりの人物が降ってきたからだ。

「……っ」

ノアが咄嗟に出現させたのは、魔法で作り出した剣だった。

その人物がノアに振り下ろしたのも、一振りの剣だ。二本の剣がぶつかり合い、火花を散らして音を立てる。

「――――……」

「っ、と！」

ノアに一撃を防がれた人物は、軽く体勢を立て直した。

クラウディアはその男の姿を見て、微笑みを浮かべる。

「これくらいすれば、あなたを炙《あぶ》り出せると思っていたわ」

「はは！　すべて君の読み通りか。つくづく素晴らしい魔女さまだな」

そう軽口を叩《たた》く青年に、ノアが切っ先を向けながら警告する。

「姫殿下に気安く話し掛けるな。……ルーカス」

黒曜石の色をしたノアの双眸《そうぼう》は、目の前の青年を睨み付けた。


「――ジークハルトと、そう呼んだ方がいいか？」

「…………」


ノアが口にしたその名前に、ルーカスが暗い笑みを浮かべる。

かと思えば、彼はこんな風に軽口を叩くのだ。

「『ジークハルト』というのはもしや、レミルシア国の王太子かな？　面識はないけれど知っている。その人物の年齢は十二歳の三年生、『ルーカス』よりは六つも年下のはずだが」

クラウディアをその背に庇いながら、ノアは低い声音で言った。

「姫殿下の先ほどのお話を、どうせ盗み聞きしていたんだろう」

「年齢を操作する魔法か。そんな魔法は聞いたことがないぜ？」

「五百年前には存在した。現に俺や姫殿下は、年齢操作の魔法を使うことが出来る」

フィオリーナを後ろに隠したルーカスは、くっと小さく喉を鳴らす。

「君が使える魔法だからといって、万人がそうだと思わない方がいい」

「万人がそうだとは言っていない。——だからこそお前の正体が、俺の血縁者であることを物語っている」

ノアは静かな瞳のまま、ルーカスのことを見据えていた。

「五百年前、年齢操作の魔法を使うことの出来た数少ない魔術師。……俺もお前も、レミルシア初代国王、ライナルトの血を引いているからな」

「…………」

ルーカスと名乗っていたジークハルトは、口元に笑みを宿したままノアを睨む。

(『幽霊』の目撃証言は、いまでこそ『アーデルハイト』と同じ、紫の髪を持つ少女についてが主流。これは恐らく、フィオリーナ先輩と髪型が違い、顔の目撃されていないラウレッタ先輩のことなのでしょうけれど……噂《うわさ》を辿《たど》ると最初期は、男の子の幽霊に関するものだった)

幽霊の情報を得た際に、ノアはこんな風に話していたのだ。

『最初に噂が立ったのは、見知らぬ男子生徒についてだったそうです。低学年の少年という目撃情報だったようですが、それはすぐさま「見知らぬ女子生徒」の噂に変わりました』

誰も素性を知ることのない、低学年の少年の姿。

恐らくはこれこそが、ジークハルトの本来の姿を目撃された際のものなのだ。

（それに、セドリック先輩が話してくれたわ。セドリック先輩は身分を隠しているけれど、レミルシア国の公爵令息なのだと）

セドリックは先日の『勝負』の件で、クラウディアに対して負い目を持っていた。

その罪悪感を利用して、いくつかの調査に協力してもらったのだ。ひとつはフィオリーナの転入当初、他に転入してくる予定だった生徒がいたかの確認だったが、もうひとつはセドリックが学院にいる目的そのものを明かしてもらった。

セドリックが学院に送り込まれた理由は、学年が同じ三年生である王太子、ジークハルトの動向を探るためだったのだという。

しかしいざ学院に入っても、ジークハルトは見付けられなかった。セドリックの父親は、現在のレミルシア王室の在り方に反発していたため、ジークハルトにとってはいわゆる政敵なのだという。

セドリックは父親に命じられ、身分を隠しているジークハルトを探していたのだ。

（セドリック先輩が人探しに焦っていたのは、筆頭魔術師の決定によって、ジークハルトが学院を去ることになったから。ノアが偽名でないかを尋ねたのは、学年の近いノアの正体がジークハルトでないかと疑ったため。だって――……）

ノアに対峙するジークハルトの瞳は、いつもの青ではなく、ノアと同じ黒曜石の色だった。

（ジークハルトも偽装していた。名前だけでなく、魔法によって瞳の色や、外見の年齢まで）

セドリックに見付けることが出来ないはずだ。

そして恐らくいまのジークハルトは、わざと瞳の色を戻した上で、ノアとクラウディアの前に現れたのだろう。

「どうせ今更、隠すつもりなど無いんだろう」

ノアが告げれば、ジークハルトは自嘲的な笑みを零《こぼ》す。

「そうだな、本当に今更だ。――会えて嬉しいよ、レオンハルト」

皮肉っぽく眇《すが》められた双眸は、ノアと同じ色なのにまったく似ていない。

「そして、君に再会出来るのを待ち焦がれた。『アーデルハイト』」

「……」

クラウディアの名前を知っているはずのジークハルトは、恐らくわざとそう呼んだ。

「お父君から、私の名前を聞いたのかしら」

「あの日、レオンハルトと城の屋上に立って、王都を見下ろしていただろう？」

ジークハルトは剣先を下げると、ノアが守るクラウディアの方に踏み出した。

「あのときから、君にどうしても伝えたかった」

「ふふ。父親の仇《かたき》に対して、一体なあに？」

「そんな些事《さじ》などどうでもいい。それよりも……」

ジークハルトが微笑みを浮かべる。彼の踏み出した次の一歩は、ノアの間合いの中にあった。

「君に結婚を申し込みたい」

「――……」

その瞬間、ノアが刃を薙《な》ぎ払った。

空を切る凄《すさ》まじい音の中、ジークハルトが咄嗟に身をかわす。ノアはそのまま追撃を緩めず、すぐさま剣先を翻した。

「っ、はは……！」

「………………」

ノアとジークハルトの剣同士が、再びぶつかり合って剣戟《けんげき》の音を散らす。ノアの剣捌《さば》きを目の当たりにしたジークハルトは、僅かに高揚したような声を上げた。

「魔法だけでなく、剣術もこの腕前か！　我が従兄弟《いとこ》ながら、とんでもないな……‼」

「……」

「フィオリーナ、ラウレッタ！」

ジークハルトが名を呼ぶと、フィオリーナが肩を跳ねさせる。ジークハルトはノアと剣を交えながら、彼女たちに言った。

「君たちの歌を聞かせてくれ。かつて僕たちが教えた通りに、さあ」

「……ルーカス」

「その歌は必ず君たちの願いを叶《かな》える。それを実現させる力が、その手にあるのだから！」

クラウディアは僅かに目を細める。ここで疑問をはっきりさせるために、もう少しやるべきことがありそうだ。

「分かりました、ルーカス……！」

フィオリーナが駆け出したのは、礼拝堂の奥にいる妹の下だ。クラウディアはフィオリーナを追い掛け、制服のローブを翻す。

「ノア。少し時間を稼いでくれる？」

「仰せの通りに」

「いい子」

クラウディアとノアのやりとりに、ジークハルトが嘲笑を浮かべた。

「なんのやりとりかは知らないが、妬《や》けてしまうな」

「好きに吠《ほ》えていろ」

「！」

低い声音で言い放ったノアが、ジークハルトの剣を弾《はじ》き返す。

ノアは自慢の従僕だ。クラウディアの命令を必ず守ると知っているから、クラウディアは振り返らなかった。

それよりもいまは、目の前の姉妹だ。

「お姉さま、離して、ください……！」

フィオリーナに強く肩を摑《つか》まれて、ラウレッタが身を捩《よじ》る。けれどもフィオリーナはそれに構わず、ラウレッタに言い募った。

「早く歌を、歌いませんと」

その声は弱々しくて、震えている。

「讃美歌を歌いましょうラウレッタ。私たちが一緒に歌えばいつもの通り、みんなが言いなりになってくれます」

「っ、お姉さま！」

「そうすれば、クラウディアちゃんもずっと私たちのお友達でいてくれるはず……。アビアノイア国のお姫さまと親しくなれば、お父さまも私たちを無下にはしません。閉じ込めません……！」

クラウディアを招いていた目的を聞き、ノアが不快そうに眉根を寄せる。フィオリーナは俯きながら、自分に言い聞かせるように独白を零すのだ。

「誰も私たちに逆らいません。人も、船も、海もみんな」

「お姉さま、やめて……!!」

「こちらに来て、私たちのものになってと招けば、何があっても従ってくれます。だって」

フィオリーナは静かに顔を上げると、ぽつりと呟《つぶや》く。

「私たちはお母さまの仰った通り、お姫さまなのだもの……！」

「────！」

その瞬間、礼拝堂の床が歪《ゆが》んで形を変えた。

赤い絨毯の敷かれた大理石に、クラウディアはどぷんと沈み込む。

見渡せば辺りは青一色で、足元を魚の群れが泳いでいた。礼拝堂にいたはずのクラウディアの体は、海中に投げ出されたのだ。

（……ふうん？）

とても興味深い状況に、思わず笑みが零れてしまう。クラウディアの髪やスカートは広がり、まるでぷかぷか浮いているかのようだ。

（けれど、呼吸は出来ているわ）

辺りは広大な空間だが、青く透き通ったその水に温度はない。

（海水は本物ではなく、私にすら見えてしまうほどの高度な幻覚。……一年前に起きたラウレッタの魔力暴走も、やっぱり結界を割ったのではなく、海水の幻覚を生んだのね）

それについても推測はしていた。

クラウディアの転入初日、水槽のようになったラウレッタとクラウディアの部屋に満ちていたのも、実際は水ではなかったのだ。

（お部屋の水も幻覚だったもの。魔法を解いて眠る段になっても、ベッドやシーツは濡《ぬ》れていなくて、片付けもせずに眠ることが出来たわ）

そんなことが可能だったのは、あれが本当の水ではなく、幻覚によるものだったからだ。

（ラウレッタが起こす高度な幻覚。つまりは精神操作の魔法。とはいえ）

ふわふわと広がるスカートを押さえ、そのまま辺りを見回した。

（水は幻覚でも、この空間は本物だわ。学院の地面、つまりは海底を別の場所に繋げている。幻覚の水で満たしているのは、この空間にある重力の不安定さを誤魔化すため？　……いいえ）

遥《はる》か水底に目を向けて、クラウディアは目を眇める。

（隠すためだわ。万が一、この空間に誰かが入り込んで来たときに、そこに沈めたものを見付けられないように――……）

クラウディアが考えたその瞬間、足首を誰かに引っ張られた。

「！」

『みなさん。クラウディアちゃんを、引き留めて下さい』

反響するようなその声は、どうやらフィオリーナのもののようだ。

『ルーカスが学院を出ていくなら。クラウディアちゃんに求婚するというのであれば。……クラウディアちゃんが外に出られなければ、ルーカスは出て行かないかもしれません。あるいは、結婚などしないかもしれません……!!』

くすくすと嬉しそうな笑い声が響く。クラウディアの足を摑むのは、海底から伸びてくる無数の手だ。

その手の多くは船乗りだった。先日礼拝堂で見たのと同じ、幽霊のように虚《うつ》ろな顔をしている。

彼らはフィオリーナに操られるまま、クラウディアを引き摺り込もうとしているのだ。

（船と共に招かれた乗員だわ）

泥に足を取られたような感覚のまま、クラウディアはゆっくりと沈んでゆく。

海底で沈黙しているたくさんの船こそ、『呪い』によって引き摺り込まれた船なのだろう。

『引き留めて下さい。クラウディアちゃんを。お父さまの手紙を載せているはずの船を……!!』

鋭い金切り声が、幻覚の海に響き渡った。

『いいえ、お手紙などではありませんね……!! きっと船にはお父さまが乗っているのです。私たちを迎えにいらした、我が国の偉大なる国王陛下が!!』

「……」

『だからねえ、お願い、船を留《とど》めて……!!』

呪いはきっと、この言葉に共鳴しているのだ。

（……呪いに繋がる強い願いは、父親からの迎えを望むもの……）

この幻覚を疑えなくなり、ここが水の中だと錯覚した瞬間、騙《だま》された体は呼吸が出来なくなるだろう。そんな風に考えながら、クラウディアは上を見上げた。

『それが出来ないというのならば、せめて私から去らないで』

上っていく銀色の小さな泡が、くらげのように美しい。

『行かないで下さいルーカス。学院に転入する前から助けて下さった、あなたが居ないと耐えられません……!! ちゃんと助言を守りました。声を重ねる魔法の秘密を誰にも知られないよう、双子ではないように演じました……!!』

「…………」

『魔法が誤って発動されないよう、ラウレッタの傍《そば》には近付きませんでした。それが不自然でないように、ラウレッタに落ちこぼれのふりまでさせました。全部あなたの決めた通りに出来たでしょう……!?』

悲しみを引き絞るかのような声が、やがてこう叫ぶ。

『もらった指輪も大切にしています。……願えば叶うと教えてくれたのは、あなただったのに……!!』

「……」

それを聞き、クラウディアはゆっくりと目を閉じた。

(これでもう、十分)

そして目を開くと、クラウディアを引き摺り込もうとする船乗りたちに告げる。

「ノアのところに帰るわ。離してくれるかしら」

そう告げると、彼らの手がぴたりと止まる。その気配を察知したのか、フィオリーナの声がクラウディアに告げた。

『彼らに命じているのですか？　無駄なことです。その空間で過ごしているのは、私たちの歌を聞いた聴衆ばかり。つまりは私たちの臣下なのですから!!』

「……」

『臣下は主君に従います。ですからそこにいる人々は、私の命令に逆らいません……!』

ここにいる船乗りたちはみんな、呪いに巻き込まれただけだ。ただ手紙を運ぶ船にいて、フィオリーナに引き摺り込まれてしまった。

「先輩ったら。……そういう人たちのことは、臣下などとは呼べないのですよ？」

クラウディアはくすっと微笑んで言う。

「忠誠心というものは、臣下が自ら望んで差し出してくれるものでないと意味はありません。意思のない従属はただの支配であり、そこに価値などひとつもないのです」

『っ、そのようなことは……!!』

「それに」

クラウディアはそっと俯くと、足元の船乗りたちに手を翳《かざ》す。

「強制的に従わせる『支配』ですらも、あなたのそれでは稚拙だわ」

『――!?』

次の瞬間、クラウディアが放ったその魔法は、偽物の海底を弾き飛ばした。

「きゃあああっ!!」

「お姉さま!!」

その衝撃が耐え難かったのか、フィオリーナが両耳を塞いでしゃがみ込む。

「っ、うう……」

礼拝堂の会衆席には、先ほどまで海の底にいた大勢の船乗りたちが突っ伏していた。

船乗りたちは誰もが気を失っていた。けれどもその顔には血の気があり、先ほどまでの虚ろさは消えている。

「そんな……。私とラウレッタの、大切な魔法が……!」

「船を引き摺り込んだその力は、魔法ではなく呪いと言うの」

クラウディアが彼女たちの下に踏み出すと、フィオリーナの肩がびくりと跳ねた。

「非道な力よ。そして、あなたたちにその指輪を与えたのは――……」

クラウディアは真《ま》っ直《す》ぐに、かつての弟子の子孫を見据える。

＊＊＊

礼拝堂からクラウディアが消えたその瞬間、ノアと剣を交えていたジークハルトが、一瞬だけそちらに気を取られたのを察知した。

ほんの僅かな隙ではあったが、それを見逃してやるつもりはない。ノアは相手の間合いに踏み込み、迷わずに剣先を眼球に向ける。

「っ、はは！」

すぐさま集中を戻したジークハルトは、直前でそれをかわした後、わざと面白がるように笑ってみせた。

「従僕なのに視線を向けもしないのか？　君の主君であるアーデルハイトが、フィオリーナたちの空間に呑まれたぞ！」

「……それが？」

「ふ」

ジークハルトが振り翳した剣を、すぐさま刃で受け止めた。ジークハルトは素早く剣の角度を変え、ノアの力を分散させる。

「随分と、彼女を信頼しているな……！」

（……腕が良い）

冷静に状況を分析しながら、ノアは間合いを取り直した。

「彼女に信頼されている、と言うべきか？」

「両方だ。当然だろう」

ノアが断言した言葉に、ジークハルトは目を眇めた。

「どうして君だけが、アーデルハイトの傍にいることを許される？」

ジークハルトの声に滲《にじ》む感情を、ノアはこれまでにも向けられたことがある。

これは、嫉妬と深い羨望だ。

決して父の仇や、その協力者に向けるような感情ではない。

「あのお方と俺は、お前にとって敵じゃないのか」

「は。まさか！」

ジークハルトが振り翳してきた剣を、ノアはそのまま弾き返す。

「父上のことなどどうでもいい。僕が家族と呼べるのは、死んだ妹のアンナマリーだけだ」

「……」

ノアが僅かに眉根を寄せたことに、ジークハルトは恐らく気が付いていないだろう。

「あの日、屋上庭園から王都を見下ろしたアーデルハイトは、美しかった」

剣がぶつかり合う音の中、交差した刃越しにジークハルトと睨み合う。

「僕は彼女を手に入れたい。だからずっと、そのための準備を重ねてきたんだ」

「……」

「放っておいていいのか？　フィオリーナたちの魔法に呑まれれば、伝説の魔女アーデルハイトの生まれ変わりであろうとひとたまりもないはずだぜ？」

（こいつは）

強く打ち込み、それを防がれ、同じように挑まれた剣を弾き返した。そんな攻防を重ねながらも、ノアは目を眇める。

（姫殿下がアーデルハイトの生まれ変わりであることを、何故《なぜ》知っている？）

間違いなく、クラウディア本人が告げた訳ではない。

もっともそれを尋ねたところで、ジークハルトが答えるはずもないだろう。それよりも、礼拝堂の奥から気配を感じる。

（頃合いか）

そう判断し、剣先を返した。

「!?」

「──あのお方を」

突然動きの変わったノアに、ジークハルトが目を見開く。ノアは真っ直ぐに間合いへ踏み込むと、ジークハルトの剣を遥か遠くへと弾き飛ばした。

「な……っ」

「『手に入れる』などという考えは、すぐに捨てろ」

突然丸腰にさせられて、ジークハルトが絶句する。ノアはジークハルトの足を払い、その喉元へ剣を突き付けた。

ノアの背後で光が瞬く。

振り返るまでもなく、これはクラウディアの魔法が放つものだ。

「俺の主君は、誰の所有物にもなりはしない」

「……っ、はは……！」

ジークハルトは、彼に真っ直ぐ剣を突き付けているノアと、フィオリーナの空間魔法を破壊したクラウディアを見て笑った。

「これまでの剣捌きは、加減していたのか……！　こっちはそれでも精一杯だったたっていうのに、ははははっ！」

「嘘をつくな。本当に全力で戦うつもりなら、魔法を使ってこないはずがない」

「……ふ」

肩で息をするジークハルトが、自嘲気味にノアを見る。

「——保護者の言い付けは守らなくちゃ、だろ？」

「……なに？」

そのとき、礼拝堂が大きく揺れた。

＊＊＊

「呪いだなんて、有り得ません……!!」

フィオリーナの大きな叫び声に、クラスディアはそっと目を伏せた。

「ルーカスが教えてくれたんです。私とラウレッタがこの指輪を付けて歌えば、きっと願いが叶うはずだと……！　だから私は、私たちは」

「あなたの本当の願いはなあに？」

クラウディアが柔らかく尋ねれば、その華奢な肩がびくりと跳ねる。

「たくさんの人を操って従えること？　それとも手紙を載せてこなかった船を空間魔法の中に閉じ込めて、逃がさないこと？」

「……それは……」

「お姫さまとして認められたかった？　血筋に相応しい暮らしをして、敬われたかったのかしら」

意地悪な言葉を重ねてゆきながら、クラウディアは穏やかにフィオリーナへと尋ねた。

「……そんなことは、ひとつも願ってなどいないのでしょう？」

「……っ!!」

フィオリーナの双眸が、いっぱいの涙を溢れさせている。

「あなたの願いはただひとつ、父親に迎えに来てもらうことだけではないの？」

「あ……」

そう告げると、真珠のような涙が両目から零れた。

「そんなささやかな願いも叶えず、あなたの想《おも》いを逆手にとって悪意を撒《ま》き散らす。それが呪いでなくて、一体なんだというのかしら」

「……それは……」

「本当なら」

クラウディアはフィオリーナから視線を外し、傍らに座り込むもうひとりの少女に目を向ける。

「あなたの傍にはずっと、ラウレッタ先輩という家族が居たはずなのに」

「……!!」

フィオリーナが、はっとしたように目を見開く。

「強力な呪いの力を手にして。普段はその条件である『声』を変えさせて隠すために、年齢まで操作して。なんでもないときに誤って発動することを防ぐべく、普段は傍に居ないようにするなんて、本当にそれでよかったのかしら」

「……それ、は……」

「お父君があなたたちを遠ざけたように。フィオリーナ先輩は、ラウレッタ先輩を遠ざけて……」

「『やめて』!」

「!」

そのとき叫び声を上げたのは、フィオリーナではなかった。

姉の傍で震えていたラウレッタが、姉を庇うように抱き締めている。ラウレッタが泣きそうな顔で見詰めているのは、クラウディアだ。

「おねがい。やめて、クラウディア」

「……ラウレッタ、先輩」

ぴりぴりとした感覚が、クラウディアの喉を締め付ける。そのことに驚いたクラウディアは、ふっと笑った。

（私の声すら封じそうになるなんて。……想いの籠った魔法は、本来の力よりもずっと強い威力を帯びるものね）

ラウレッタは勇気を振り絞るかのように、一音ずつ慎重に声を紡ぐ。

「お姉さまは、ずっと私を守って、くれてた」

「ラウレッタ……？」

フィオリーナが、自分を抱き締めている妹を不思議そうに見上げた。

「お母さまが亡くなる前、街角でお歌を歌って、薬のお金を集めてくれた。私たちの、ごはんも」

「……そんな、昔のこと……」

「お姉さまがいてくれたから、私、生きてるの。……お姉さまのためなら、なんだって、手伝う」

そう言ったラウレッタは、けれども両目からたくさんの涙を溢れさせる。

「う……ごめんなさい、お姉さま」

「ラウレッタ、な、泣かないで。どうしたの？」

「……なんだって手伝いたいの。本当なの。本当だけど、ごめんなさい、お願い……」

涙で顔をくしゃくしゃにし、ほとんど泣きじゃくりながらも、ラウレッタは懸命にこう紡いだ。

「……クラウディアにひどいことをするための歌だけは、歌いたくない……！」

「――！」


クラウディアは僅かに目を見開く。

「私、は」

妹の懇願を聞いたフィオリーナも、ラウレッタと同じように顔を歪める。

「……ごめんなさい、ラウレッタ」

「う……。うっ、うえ、ううぇ……」

「あなたのお姉さんなのに。……双子なのに。私のために我慢させて、あなたの大切なものを壊させようとして」

「っく、ふえ」

「ごめんなさい、ラウレッタ」

フィオリーナの華奢なその腕が、ラウレッタを力一杯抱き締め返した。

「……あなたが居てくれるのだから、お父さまの迎えなんて来なくてもいい……!!」

「っ、お姉さま……！」

クラウディアは微笑んで、目を細める。

振り返って合図をすると、ジークハルトを魔法で拘束し終えたノアが、クラウディアの下へ歩いて来た。

「ジークハルトは捕縛いたしました。姫殿下の事前のご命令通りに」

「良い子ね、ノア」

クラウディアは再び姉妹に向き直り、彼女たちに告げる。

「その指輪を壊しても良いかしら？」

「――――……」

泣きじゃくる双子は目を擦《こす》り、互いに目を見合わせて頷くと、クラウディアにそれぞれの手を差し出した。

「ありがとう」

微笑んで、クラウディアはひとつ魔法を唱える。

彼女たちそれぞれの指に嵌《は》まった指輪が、ほのかに輝いてからするりと抜けた。

ふたつの指輪は、そのまま礼拝堂の天井までゆっくりと浮かび上がってゆく。

「これで、おしまい」

クラウディアが右手を握り込むと、空中でぱきんと音を立てて弾けた。

「きゃ……っ!!」

フィオリーナたちの悲鳴が上がった瞬間、礼拝堂を強い光が包み込む。

ノアはクラウディアを抱き寄せて、その眩さから守ってくれた。やがて光が止み、ノアの胸から顔を上げると、フィオリーナとラウレッタは互いを庇うように抱き合いながら眠っている。

「……一件落着。これで全てが想定通りね」

クラウディアはくすっと微笑んで、ノアの腕からそっと離れた。

「空間魔法に閉じ込められていた船乗りたちは、学院のあちこちに散らばっているはずよ。精神操作されていた生徒たちもみんな気を失っているでしょうから、意識があるはずのカールハインツに働いてもらいましょ」

「はい。ですが姫殿下、本当によろしかったのですか？　これも姫殿下の筋書き通りではありますが……」

ノアは複雑そうな顔で、礼拝堂の一角に視線を向けた。クラウディアは微笑んで、ノアの疑問を確かめる。

そこに、ノアが捕らえていたジークハルトの姿は無い。

「ジークハルトを逃したことが、心配かしら？」

ノアには事前に命じていたのだ。

クラウディアが知りたいことを確かめるまで、ジークハルトの足止めをすること。

そして最後にはジークハルトに勝つものの、捕縛は甘くした上で、わざと逃げられるようにしておくことを。

「あいつは姫殿下を欲していました。そのために何をしでかすか、行動が読めません」

「それでいいの。お前の従兄弟は、もっと行動を読みたい相手と繋がっている可能性があるのだから」

先ほど空間魔法の中で、フィオリーナは言っていた。

あの指輪をフィオリーナたちに与え、どう使うべきかまで囁《ささや》いたのは、フィオリーナの転入前から接してきていたジークハルトだと。

「呪いの魔法道具は、各国の王族やその血を引く人々に与えられる。それが恣意的なものであることは疑っていたけれど、ついに片鱗《へんりん》が掴めたわ」

ジークハルトは間違いなく、呪いの魔法道具を利用している人間と接しているのだ。

「姫殿下がアーデルハイトさまの生まれ変わりであることを、ジークハルトは知っていました。それから俺と剣を交える際に、魔法を一度も使っていません」

「あちらにもまだまだ思惑があるわね。私がアビアノイア国の王女であることを分かっていながら、これまで接触してこなかったことも」

けれど、とクラウディアは伸びをする。

「……いまは考えても仕方がないわ。それよりも久し振りに呪いを砕いて、なんだかとっても疲れちゃった」

「姫殿下。まさか」

「だからノア、はい」

にっこり笑って両手を伸ばし、クラウディアはいつも通り口にする。

「もう眠いの。抱っこして？」

「…………」

ノアは額を押さえたあと、大きな溜《た》め息《いき》をついた。

「承知いたしましたので、せめて子供の姿にお戻り下さい」

「ふふっ、ありがとう！　ノアに抱っこされていると安心するから、きっと良い夢が見られるわ」

上機嫌でそう言いながら、クラウディアは後ろを振り返る。

纏《まと》っていた制服のローブを脱ぐと、互いに抱き締め合って寝息を立てている双子の上にやさしく掛けた。

「子守唄はきっと、必要ないわね」

そしてクラウディアは、自分だけ小さな子供の姿に戻ると、ノアに抱き抱えられて眠りにつくのだった。

エピローグ

八月の終わりに迎えた短期入学の最終日、ローブなどの制服を鞄《かばん》に仕舞ったクラウディアは、鮮やかな黄色のドレスを身に纏《まと》っていた。

「短い期間だったけれど、これで学院生活もおしまいね」

大きな帽子を被《かぶ》り、片手で帽子を上から押さえて、もう片方の手はノアと繋《つな》ぐ。

ノアも制服は着ておらず、クラウディアの従者としての礼服姿になっていて、クラウディアはしみじみと呟《つぶや》いた。

「学院での授業は新鮮で、とっても楽しかったわ。とうさまにもお土産話が出来たでしょう？」

そう言いながら、ノアと反対側に立っているカールハインツを見上げる。

「ね？　カールハインツ」

「……姫殿下にとって、ここが掛け替えのない学びの場になったということであれば、陛下も大変喜ばれることでしょう……」

そう返事をしたカールハインツは、いつもの涼やかな美貌の中に、疲労の色をありありと残していた。

「とうさまには内緒にしないといけないけれど、カールハインツの活躍もすごかったわ。学院中あれだけの人数が倒れていたのを、ひとりで介抱するだなんて」

「戦場ではあれしきのこと、日常茶飯事と言えますので。それよりもよほど苦心したのは……」

「間違いなく、呪いによる損害を誤魔化すためのあれこれでしょうねえ」

クラウディアが微笑《ほほえ》みながらそう言えば、カールハインツは沈黙でそれを肯定した。

「私たちカールハインツをとっても尊敬しているのよ。ねえノア」

「はい。学院長がフィオリーナの父親の寄付金を巡って、多額の不正を働いていたことをあっさり暴いたのには驚きました。その事実を盾に脅し、偽名で入学していた謎の生徒『ルーカス』が呪いを解いたことにして発表させるとは……」

「しかも学院長に対しては、本当はカールハインツが解決したように見せ掛けてくれたわ。これで学院長の視点から見ても、事件を解決したのはカールハインツであって、十歳の王女クラウディアちゃんだとは気付かれないわね」

大満足の結果に落ち着いて、クラウディアはほくほくだ。カールハインツは心底不本意そうだが、クラウディアのためにと英雄の座を引き受けてくれている。

「ノアといいカールハインツといい、心から信頼出来る臣下を持てて嬉《うれ》しいわ」

「……まったく、あなたというお方は」

クラウディアが微笑んでそう言えば、カールハインツの表情が和らぐ。

魔法で従えている訳でもないのに、褒賞はクラウディアの言葉ひとつで構わないと言い切ってくれる彼らの存在は、クラウディアにとっても大切だ。

「ちゃんとしたご褒美はあげるから、何が欲しいか考えておいてね。そうだわノア、セドリック先輩にも」

「すでに連絡は取っています。あちらも退学手続きが終わって帰国次第、秘密裏に連絡をしてくるかと」

「ふふ。さすがはノアね」

政争のために潜り込んでいたセドリックも、王太子『ジークハルト』の去った学院に用は無くなるのだ。クラウディアが彼にお礼をしたかったのは、今回の情報提供だけが理由ではない。

年齢操作の魔法が見抜けなかったセドリックは、心底悔しそうにしながらも、今後の協力を約束してくれた。

(レミルシア国王室の状況や、ジークハルトがどう動いているか。ジークハルトに関与する存在も……)

ジークハルトが学院を辞めたのは、かの国の筆頭魔術師が決定したことだという。

(レミルシア国の筆頭魔術師は、本当にただの忠臣かしら？　……どれほど疑わしくとも、準備なく攻め込むのは得策ではないわ)

ただでさえジークハルトたちには、クラウディアがアビアノイア国の王女であることを知られている。

それは昨日今日のことではなく、恐らくは随分前からだろう。にもかかわらずジークハルトは、この学院でしか接触してこなかった。

それなのに正体が見抜かれれば、開き直ってクラウディアに求婚してみせたのだ。

ジークハルトが学院に居た理由すらも、どんな目的があったものか分からない。

そのことを考えるクラウディアに、カールハインツが声を掛けた。

「転移先の船が用意出来る頃合いです。私が荷物と共に向かって準備を整えますので、姫殿下は後からノアと転移を」

「ありがとうカールハインツ。いってらっしゃい」

手を振ってカールハインツを見送ったあと、クラウディアは隣のノアを見上げた。

「……それにしても驚いたわね。フィオリーナ先輩たちのお父君は、娘を切り捨てるかもしれないと思ったけれど」

数日前、カールハインツから報告されたことを思い出しながら、ノアにそっと微笑む。

「意識を取り戻した各船の船員や、船の持ち主に対しての十分な補償を約束した上で、各国にも誠意ある謝罪を始めるだなんて。国王としての責任と同時に、父親としての責任を果たそうという気概を感じたわ」

「それが成されれば一件落着、という問題ではありませんが。……少なくとも、フィオリーナやラウレッタだけでは背負いきれない多くのものを、父親が肩代わりしたと言えるのでは」

父親という生き物に対して、ノアは少しだけ手厳しい。クラウディアは笑い、校舎の方を振り返った。

「ラウレッタ先輩もセドリック先輩に、約束通り謝罪の手紙を書いたそうよ。セドリック先輩のことはまだ怖いけれど、退学になって会えなくなる前にって。フィオリーナ先輩とふたりで、全校生徒に手紙を書くみたい」

「おふたりで、ですか？」

「そう、ふたりで。ラウレッタ先輩ひとりに押し付けたけれど、本当は双子ふたりの問題だったからって」

この件についての話はすべて、ラウレッタからではなくセドリックから聞いた。

実のところクラウディアは、呪いの指輪を壊したあの夜以来、ラウレッタと顔を合わせていないのだ。

ラウレッタはあのあとの騒ぎの中、大人たちに呼ばれて帰ってこなかったのである。

フィオリーナも同様だったらしく、学院内にはたくさんの噂《うわさ》が飛び交った。生徒たちの交換する情報は、半分以上が想像の域を出ないものだったが、ひとつだけ真実らしきことがある。

それは、これまで滅多に会話を交わさなかったフィオリーナとラウレッタが、いまはずっとふたりで過ごしているという点だった。

そのとき、クラウディアの近くに光の文字が浮かび上がる。

「カールハインツからの合図ね。船の準備が整ったんだわ」

この海域を渡る船はもう二度と、突然消えたりはしないはずだ。

そのことに安堵《あんど》しながらも、クラウディアは歩き出そうとする。しかしノアが立ち止まったままでいるので、不思議に思って振り返った。

「ノア？　どうしたの？」

「……何でもありません。ただ」

ノアの手が、クラウディアの手を繋ぎ直す。

「姫殿下が、名残を惜しんでいらっしゃるように感じましたので」

「！」

そういえば、いつもはクラウディアから冗談めかして繋ぐ手が、今日はノアから繋がれたのだ。

「……そうね。いまは少しだけ、寂しいわ」

「……」

心の内を声に出して、クラウディアは歌うように言葉を紡いだ。

「けれどもそれで当然なの。だって今世の私はもう、やりたいことしかしないのだもの」

「姫殿下」

「学院にずっと通う日々は、私のやりたいことではない。だから、お別れがあるのは当然よ。――それでいいの」

クラウディアが今日で学院を去ることは、生徒の誰にも伝えていない。これまでも、呪いを壊すために立ち寄った場所では、そういう風にして過ごしてきた。

「さあ、行きましょうノア」

クラウディアはそう言うと、自ら転移魔法を発動させた。

最近はノアに任せることも多い魔法だが、クラウディアは元より転移魔法が得意だ。ふわりと光に包まれた瞬間、ノアが何かを見付けて顔を上げた。

「……姫殿下」

「！」

突然ノアに抱き上げられ、予想外の出来事に息を呑《の》む。

クラウディアを右の腕に乗せ、目線を高くしてくれたノアは、自由な方の手で校舎を指差した。

「あちらを。……あれは」

「……」

少し離れた二階の窓から、ふたりの少女が身を乗り出している。

同じ紫色の髪を持つ少女たちは、離れた場所から見ても瓜二《うりふた》つだ。けれど、どちらが姉で妹なのかは、本来の姿をしたふたりが並んでもよく分かった。

「……クラウディア……！」

これまでで一番大きなラウレッタの声が、クラウディアの耳にはっきりと届く。

「…………っ！　『ありがとう』……!!」

「――――！」

ラウレッタの声は呪文となり、クラウディアの周囲をふわりと舞う。

水のような、泡のような透明さで出来たその魔法は、寮の部屋で繰り返し遊んだものだ。

「魔法の、お魚……」

ラウレッタの生み出した魚たちが、クラウディアとノアの肌や服を軽くつつく。

じゃれるようなそんな戯れが、体に温かい魔力を流し込んだ。この温かな心地よさは、治癒にまつわる魔法が交ぜられているからだろう。

(……『元気で』と、そう言ってくれているのだわ)

クラウディアにはそれが分かったけれど、同じ魔法は使わなかった。魔法の魚を残していかない代わりに、ふたりの方に大きく手を振る。

「ラウレッタ先輩、フィオリーナ先輩！　……ばいばい！」

「──────！」

ふたりが泣きそうな顔で頷《うなず》いてくれた瞬間に、転移魔法が発動する。

「っ、うわ……！」

ノアが焦った声が聞こえて、ぐらりと世界がひっくり返った。

転移先の船の中で、クラウディアを抱えたノアが寝台に沈んでいる。

こちらを見上げるノアの表情を見れば、クラウディアがわざと転移の座標をベッドにしたことを、完全に見抜いている顔だ。

「……姫殿下」

ぎゅうっとノアに抱き着くと、ノアは大きな溜《た》め息《いき》をつく。

「ご機嫌がとてもよろしいときに、俺に抱き着いてお眠りになる癖は直してください。……中身は俺より大人なんですから」

「あら、ノアがとっても生意気だわ。私はただ、お気に入りの場所で眠りたいだけなのに」

仰向《あおむ》けのノアの上にうつ伏せになる形で、クラウディアはノアの顔を覗《のぞ》き込んだ。

「たとえ海の底に沈んでも、ノアさえいれば安心出来るの」

「……俺は」

「！」

ぎゅっと抱き込むように引き寄せられ、クラウディアは少しだけ驚いた。

「本当は生きた心地がしていません。……あなたをどれほど信じていても、あなたが敵の魔法に呑まれれば、それだけで心臓が凍り付く」

「……」

クラウディアの髪に口元を埋《うず》め、独白のように零《こぼ》された言葉は、ノアの本心なのだろう。

きっと心配を掛けている。それでもノアは傍《そば》に付き従い、クラウディアの望む最善を果たそうとするのだ。

そんな存在を得られたことは、なにものにも代え難いことだった。

「……」

フィオリーナの空間魔法の中、支配によって従わされた船乗りたちを思い出し、クラウディアは改めてノアに告げる。

「もしも少しだけ運命が違って、あのときノアに出会っていなければ。……今世の私はきっともう、誰かが傍にいることを許さなかったわね」

「――――……」

たとえ何かの順番が違い、ジークハルトと先に邂逅《かいこう》していたとしても、従僕にはしていなかっただろう。

前世でたくさんの弟子を失い、そのことがとても恐ろしかったからこそ、今世でずっと傍に置く誰かをもう作らないつもりでいた。けれどもそれを覆し、ノアがこうして傍に居てくれる。

そんな誰かを得ることは、素晴らしい魔法使いにも難しい。

誰かを支配する魔法が使えても、呪いの魔法道具を使っても手に入らないのだ。

「姫殿下」

自然な気持ちで告げたことなのに、ノアはゆっくりと息を吐き出す。クラウディアを抱き締める手の力が、いままでとは違った雰囲気を帯びた。

「あなたは俺の王女です。たとえ運命が違っていても、どんな出会い方をしていても、俺はあなたに同じ忠誠を誓ったはずだ」

「ふふ。ほんとう？」

「本当です。……何があろうと」

そう言い切ってくれるノアの言葉には、それこそ魔法が宿っているかのようだ。

ひょっとしたらノアもラウレッタのように、特殊な詠唱が使えるのかもしれない。そんなことはないと知りながらも、微睡の中の空想で考える。

クラウディアがやがて眠りにつくまで、ノアはクラウディアを抱き寄せたまま、頭を撫《な》で続けてくれたのだった。

＊＊＊

花の咲き乱れる屋上庭園で、ジークハルトは記憶を辿《たど》る。

ここ数年は学院に居た所為《せい》で、本来の姿を取るのは久し振りだ。十二歳の少年にふさわしい身長では、さまざまな景色が違って見える。

けれど、黒曜石の色をした瞳に焼き付いた光景は、瞳の色を偽装していたときでも変わらなかった。

「四年間、ずっと待っていた甲斐《かい》があったな」

そんな独白を零しながら、四年前にアーデルハイトがいた場所に立つ。

王都を見渡せるこの場所で、あの魔女は何を考えていたのだろうか。幼い頃に見た彼女の姿に、海の底の礼拝堂で出会った彼女の姿を重ねた。

「強制転移は通用した。彼女の魔法を相殺する構築式で、髪色を変えるらしき魔法も解除することが出来た。……研究は順調だ、問題ないな」

そして傍らに付き従った、自分と同じ黒曜石の瞳を持つ青年の姿を思い出す。

「アーデルハイトと、レオンハルト……」

ジークハルトの呟いた名前は、レミルシア国の夜の風へと消えていった。

つづく

番外編　可愛い従僕の愛しみ方

十三歳になって背が伸びたノアは、身長が百六十二センチあるらしい。こうなるといまや、大人の姿で百五十七センチのクラウディアよりも、すでに背が高いことになる。

そうなるとつまりクラウディアは、大人の姿でも子供の姿でも、常にノアを見上げている状態だ。するときと悪戯心《いたずらごころ》が湧いてきて、こんな我《わ》が儘《まま》を言ってみたくなってくる。


「――考えてみれば私ったら、ノアより年下の子供なのだったわ！」

「……姫殿下……」


ノアは胡乱《うろん》げな顔をしていて、呆《あき》れた様子を隠さない。普段は忠実な従僕なのに、こういう冗談には消極的だ。

テーブルでお茶を飲むクラウディアに、ポットを仕舞いながらノアが言う。

「十八歳までの人生経験がおありのあなたが、一体何を仰《おっしゃ》るのですか？」

「いまの人生では十歳だもの。対するノアは十三歳、私より三つもお兄さんでしょう？」

「……」

わざと大真面目に言い切ると、ノアは眉間に皺《しわ》を寄せた。こういうときの表情は、彼の剣の師匠でもあるカールハインツに似てきつつある。

まだ十三歳の少年が、あまりにも務めにしか興味がないのもよろしくない。だからクラウディアはこういうとき、どんどんノアを巻き込んで、遊ばせる方針でいるのだ。

「ふふっ」

「なんですか、その笑顔は」

そんなに警戒しなくとも、悪いことなんかしたりしない。クラウディアはにこにこと上機嫌に、思い付いた遊びを口にする。

「素敵なことを思い付いたの。ノアはいまから少しの間、私のことを子供扱いして可愛《かわい》がって！」

「――――……」

その瞬間、ノアはますます眉を顰《ひそ》めた。

「可愛がる、とは」

「たとえば私にお菓子を出して、『あーん』で食べさせてみてくれたり……」

「……」

「はむ」

口元にクッキーが差し出されたので、クラウディアは素直にそれを口にした。ノアが焼いてくれたクッキーを食べさせてもらうと、温かなお茶のおかわりがすぐに出てくる。

「ふう、美味《おい》しかった。……それから手を繋《つな》いでお散歩したり、お花を見たり……？」

「…………」

ノアはクラウディアの手を取って、それから森へと転移する。

クラウディアたちが普段住んでいる塔の周辺は、魔物が住んでいる深い森になるのだが、クラウディアたちにとってはここがお庭だ。

「まあ見てノア、大きな蝶々《ちょうちょう》！」

「花の蜜を主食にする種類ですね。花畑を好むはずなので、あちらを見に行ってみましょうか」

ノアとしっかり手を繋いだまま、白い花の群生する川辺まで散歩した。程よく歩き回ったあと、クラウディアは川べりの石に腰を下ろす。

「子供扱いなら他にもそうね。靴を脱がせてくれたり、足を洗ってから履かせてくれたり」

「では、失礼いたします」

先に自分が靴を脱ぎ、足首まで川に浸したノアは、恭しくクラウディアの靴を脱がせた。

靴下も脱いだ爪先を、冷たくて透明な水に浸す。木陰の光が揺れる中、清流の飛沫《しぶき》を浴びるのは心地よいものだ。

一通り水遊びを満喫したあとは、ふかふかのタオルで足を拭かれた。靴もきっちり履かせてもらったクラウディアは、ノアの方へと手を伸ばす。

「子供にすることで欠かせないのは、やっぱり抱っこじゃないかと思うの。だからノア、はい！」

「……承知しました。こちらへ」

ノアに抱えられたクラウディアは、ノアの片腕に座るような体勢で、高くなった視界からノアを見下ろす。

「すごく高い。ノアの抱っこは見晴らしがいいわ、たまには子供扱いも新鮮ね」

「……姫殿下」

クラウディアを支えつつ見上げたノアは、訝《いぶか》しむ様子を隠さずに口を開く。

「たまにはも何も。……これらの『子供扱い』はすべて、常日頃から俺が姫殿下にしていることでは……」

（あらあら。気付かれてしまったわ）

心の中ではそう思いつつも、表情では『びっくり！』という顔をしておく。クラウディアのこのくらいの演技については、ノアはもちろん見抜いているはずだ。

「姫殿下……」

「もう、仕方がないの。このところノアが可愛がらせてくれないから、私が可愛がってもらう方に回るしかないでしょう？」

「お待ち下さい。仰ることの理屈がよく」

「カールハインツや大人たちの前では、自分のことを俺ではなく『私』と言うようになってしまったし。言葉遣いもどんどん堅くなってゆくから、ノアを可愛がる余地がないの」

抱っこしてくれているノアを見下ろして、クラウディアはわざとくちびるを尖《とが》らせる。

「ノアだけが『姫さま』と呼んでくれるのが、私はとっても好きだったのに……」

「……っ」

この頃は、周りと同じ『姫殿下』という呼び方だ。ノアだけの呼び方をしてくれないので、それがちょっぴり残念なのだった。

「それは……」

ノアは少々気まずそうにしつつ、こう答える。

「いつまでも子供じみた振る舞いではいられません。俺がふさわしくない言動をすれば、それが姫殿下のご評判にも繋がります」

「私の評判はどうでもいいの。それに、ノアがそうしたいのを止めるつもりもないのよ？　けれどあまりに寂しいから、ノアが大人になる代わりに、私が子供扱いされれば解決するのではないかしら」

くすくすと笑いながらそう言えば、ノアが言葉に詰まった顔をした。

クラウディアの口にする『寂しい』が、どの程度の本音なのかを測ろうとしているのだろう。こんな風に誠実で心優しいところが、クラウディアにとっては愛《いと》おしい。

「可愛いノアも格好良いノアも、どちらのノアも大切だもの」

「……ひとつだけ申し上げておきますが、姫殿下」

いささか気まずそうに目を逸《そ》らし、ノアは小さな声で言った。

「俺は日頃の姫殿下のお世話を、子供扱いだとは思っておりません」

「ふふっ、そうかしら。それなら一体何扱いなの？」

黒曜石の色をした瞳が、そこで再びクラウディアを見据える。

「主君扱いをしています」

その言葉に、クラウディアはぱちりと瞬《まばた》きをした。

「あなたが子供であろうとも、大人であろうとも。……あなたが俺に望んでくださることは、全て成し遂げるだけだ」

「……ノア……」

その声音はどこまでも誠実で、真《ま》っ直《す》ぐだった。

「……私が撫《な》でたいと望んだら、ノアの頭を撫でさせてくれる？」

「ぐ……」

一瞬だけ躊躇《ちゅうちょ》してみせた後、ノアはぎこちない様子で答える。

「――どうぞ」

「まあ、うれしい！」

にこりと笑って頭を撫でると、ノアは落ち着かない様子で目を閉じた。

柔らかな黒髪をよしよしと撫でて、慈しみの気持ちを全部込める。髪のふわふわした手触りも、跳ねる毛先も漆黒の色も、触れるほど大切に感じるものだ。

（確かにこれは、子供扱いとは違うわね）

クラウディアは存分に堪能したあと、ノアの頭から手を離した。

「これでなんとなく満足したわ。撫でさせてくれてありがとう、ノア」

「……」

心の底からそう言えば、ノアはしばらく瞬きをしたあと、なんだか珍しい表情でふっと笑った。

「……そうですか」

（あら）

嬉《うれ》しそうで無防備な微笑《ほほえ》みは、普段の大人びた表情よりもあどけない。

恐らくは、クラウディアがノアを撫でて嬉しそうにしたことが、ノア自身にも嬉しかったのだろう。

（すくすくと格好良くもなっているけれど。……私にとってのノアはやっぱり、まだまだ可愛い存在だわ）

ノアがすっかり大人になっても、それでも可愛いままかもしれない。そんな未来を想像しつつ、ノアにぎゅうっと抱き着いた。

「っ、姫殿下！」

忠実な従僕が慌てるので、あくびをしながら我が儘を言う。

「水遊びしたら眠くなっちゃった。このままお昼寝の時間にしましょ、魔法でハンモックを作ってほしいわ」

そしてクラウディアは、ほとんど子供じみた要望の中に、主君としての命令も交ぜるのだ。

「ハンモックは大きいのにしてね。ノアと一緒のハンモックで寝るの」

「いえ。俺がそのようにお供する訳には」

「成長期の従僕に休養させるのも、ご主人さまの大切な務めでしょう。ね？」

こうしてクラウディアが微笑めば、ノアが抗《あらが》えないことを知っている。案の定言葉に詰まったノアは、やがて諦めたように息をつくのだ。

「……姫殿下のお命じになるままに」

「私が眠りにつくまでのあいだ、たくさん頭を撫でていてね」

こうして午後はハンモックを張り、九月の始まりに降り注ぐ木漏れ日の中、緩やかな午睡を楽しんだのだった。

おわり

あとがき

雨川透子《あめかわとうこ》と申します。この度は追魔女《ついまじょ》3巻をお手に取っていただき、ありがとうございました！


3巻は2巻から二年以上が経《た》ち、クラウディアは十歳、ノアは十三歳になりました。

年齢としては十歳と十三歳ですが、ノアの誕生日は十一月、クラウディアの誕生日は十二月で、3巻のお話は八月です。そのため厳密には、ふたりが十一歳と十四歳になる年のお話です！

いまのところ1巻から二年ずつ年数が増えていっていますが、次は何歳のふたりのお話になるか、見守っていただければ幸いです。


そして今回も黒裄《くろゆき》先生に、素敵なイラストを描いていただきました！

追魔女で毎回お話の舞台を考える際、黒裄先生がどんなカバーイラストをイメージしてくださるのかをとても楽しみにしているのですが、今回も可愛《かわい》らしいモチーフ盛り沢山でとてもわくわくでした！

新キャラクターたちも、可愛い、格好良い、美しいと三拍子揃《そろ》っていてとても愛《いと》おしいです。いつも世界を彩っていただき、ありがとうございます！


この巻は担当さまを始め、いつも以上に様々な方々に助けていただいて、こうして世に出すことが出来ました……！

色々とご配慮くださった皆さま、本当にありがとうございました。諸々《もろもろ》本当に申し訳ありません。いつもお力添えをいただけて、私にとっての宝物である書籍が完成することを実感しております。ありがとうございます……。

そしていよいよ2023年2月から、芹澤《せりざわ》ナエ先生による追魔女コミカライズが連載スタートしました!!

迫力満点でテンポ良く、臨場感溢《あふ》れるネーム構成！　その中にクラウディアやノアを始めとしたキャラクターたちを、格好良く時にコミカルに、そして色っぽく可愛らしく描いていただいています！

コミカライズのこの先も、是非是非お楽しみに!!

お話は4巻に続きます。こうして本の形で続けさせていただけるのも、応援してくださる読者の皆さまや、支えてくださる方々のお陰です。

物語を通し、少しでもお返し出来るように精進して参ります！

次巻予告

魔法学院で姉妹が起こした事件も落着し、
クラウディアとノアの月日は過ぎていく。
逃したジークハルトの行動を懸念しつつ、
再び旅立った二人は砂漠の国に降り立つ。
その王は『黄金の鷹』を手に入れたことで得た
莫大な財宝を元に国を作り上げたというが、
一方で後宮に対する黒い噂もあり……。
呪いとの関連性をにらみ情報収集を進める
二人の前に現れたのは、一匹の狐で——。

虐げられた追放王女は、転生した伝説の魔女でした 4

～迎えに来られても困ります。従僕とのお昼寝を邪魔しないでください～

2023年夏発売予定!

コミカライズ好評連載中!!
虐げられた追放王女は、転生した伝説の魔女でした
～迎えに来られても困ります。従僕とのお昼寝を邪魔しないでください～
漫画◆芹澤ナエ　原作◆雨川透子　原作イラスト◆黒裄
コミカライズ最新情報はコミックガルドをCHECK!!
https://comic-gardo.com/

OVERLAP NOVELS f

虐げられた追放王女は、転生した伝説の魔女でした 3

～迎えに来られても困ります。従僕とのお昼寝を邪魔しないでください～

発行 2023年2月25日 初版第一刷発行

著者 雨川透子

イラスト 黒裄

発行者 永田勝治

発行所 株式会社オーバーラップ
〒141-0031 東京都品川区西五反田 8-1-5

校正・DTP 株式会社鷗来堂

印刷・製本 大日本印刷株式会社

ISBN 978-4-8240-0420-8 C0093

【オーバーラップ カスタマーサポート】
電話 03-6219-0850
受付時間 10時～18時（土日祝日をのぞく）

作品のご感想、ファンレターをお待ちしています

あて先：〒141-0031 東京都品川区西五反田8-1-5 五反田光和ビル4階 オーバーラップ編集部
「雨川透子」先生係／「黒裄」先生係

スマホ、PCからWEBアンケートにご協力ください

アンケートにご協力いただいた方には、下記スペシャルコンテンツをプレゼントします。
★本書イラストの「無料壁紙」 ★毎月10名様に抽選で「図書カード（1000円分）」

公式HPもしくは左記の二次元バーコードまたはURLよりアクセスしてください。
▶ https://over-lap.co.jp/824004208
※スマートフォンとPCからのアクセスにのみ対応しております。
※サイトへのアクセスや登録時に発生する通信費等はご負担ください。

オーバーラップノベルスf公式HP ▶ https://over-lap.co.jp/lnv/